인문에게 삶의 길을 묻다

인문에게 삶의 길을 묻다 : 봄 여름 가을 겨울에 생각하는 인문처방전

지 은 이   양회석

초판 1쇄 발행    2016년 2월 10일

펴 낸 곳   인문산책
펴 낸 이   허경희

주      소    경기도 파주시 탄현면 헤이리마을길 76-30 1층 우측
전화번호    031-949-9792
팩스번호    031-949-9793
전자우편    inmunwalk@naver.com
출판등록    2009년 9월 1일

ISBN  978-89-98259-20-4   03800

값 13,500원

이 도서의 국립중앙도서관 출판예정도서목록(CIP)은 서지정보유통지원시스템 홈페이지
(http://seoji.nl.go.kr)와 국가자료공동목록시스템(http://www.nl.go.kr/kolisnet)에서
이용하실 수 있습니다.(CIP제어번호: CIP2016002106)

봄 여름 가을 겨울에 생각하는 인문 처방전

# 인문에게 삶의 길을 묻다

양회석 지음

인문산책

# 길을 찾아서

망설임 끝에 쓰기 시작한 잡문이 작은 책 한 권이 된다. 한 달에 한 번 꼴로 쓴 글이 오십 편에 육박하니, 어느덧 4년이 되나 보다. 처음 시평(時評)이라는 이름으로 집필을 제안 받았을 때 나는 주저했다. 이런 식의 글을 써본 적이 없거니와, 꼭 써야 한다고 생각해본 적도 없었기 때문이다. 이때 한 지인이 채근했다. "뭘 망설여요? 한 번 써보지. 학교에만 갇혀 있지 말고." 국민의 세금 덕에 장기간 국립대학교에서 교수직을 누렸으니 이제는 환원하라는 뜻이리라.

집필을 시작하던 무렵, 나는 30년 남짓 대학 교편을 잡고 있었다. 그동안 나름대로 중국고전문학의 교학에 열심이었다고 자위하면서도 늘 무언가 허전한 구석이 있었다. 왜 '한국의 현재'가 아닌 '중국의 고전'이지? 게다가 본질적으로 허구인 '문학'이지? 좀 확대해서 '인문학자'라고 치자. 세상이 급변하고 사회가 아파하는데 '인문학'으로 무엇을 하지? 이런 의문들이 꿈틀대고 있었던 것이다.

의외였다. 이런 의문들이 잡문을 쓰면서 풀릴 줄 몰랐다. 나의 작업이 바로 길을 찾는 일임을 깨닫게 된 것이다. "길은 무엇이고, 어디에 있는 것일까?"

길을 보는 관점은 양분된다. 길이 있기에 사람이 다닌다는 것과 사람이 다니기에 길이 있다는 것, 두 가지이다. "길은 사람들이 다니므로 생긴다"라고 장자가 일찍이 설파했고, "본래 땅 위에는 길이 없었다. 걸어가는 사람이 많아지면 그것이 곧 길이 되는 것이다"라고 루쉰이 말하듯이, 동양 인문학자인 나는 후자의 입장을 지지한다. 뒤집어 말하자면, 길의 전제는 '많은' 사람이 '오고 가는' 것이다. 일부 '소수'가 일방적으로 '가는' 것이라면 그것은 '변치 않는 길(常道)'이 될 수 없고, 또 되어서도 안 된다. 이것이 이 책에서 찾는 길이다.

비록 책은 작아도 도와준 이가 적지 않다. 마땅히 사의를 표해야 하나 일일이 적지 않는다. 이 책이 누군가가 길을 찾는 데 다소라도 도움이 된다면, 그들도 틀림없이 함께 기뻐해 주리라 믿는다. 많은 사람이 걸어야 길이 된다는 사실을 그들도 잘 알고 있을 터이니 말이다.

2016년 1월
용봉골에서
행인 양회석

# 차례

春…

봄에 생각하다

春曉
춘효

—맹호연(孟浩然)

봄날 이른 아침

春眠不覺曉
춘 면 불 각 효

봄잠에 날 새는 줄 몰랐더니,

處處聞啼鳥
처 처 문 제 조

곳곳마다 들려오는 새소리.

夜來風雨聲
야 래 풍 우 성

간밤 내내 비바람 소리더니,

花落知多少
화 락 지 다 소

떨어진 꽃 얼마인지 아냐고.

## 따분한 일상에서 의미를 찾지 못할 때

동서고금의 성인이 남기신 명언이 의외로 평범하게 보이는 경우가 많다. "네 이웃을 네 몸과 같이 사랑하라"는 예수의 말씀이나, "세상사 모든 일은 마음먹기에 달려 있다"는 석가모니의 일깨움이나, "자기가 하기 싫은 일은 남에게 시키지 말라"는 공자의 가르침은 곰곰이 생각해야 이해되는 그런 어려운 말들이 아니다. 성인들의 말씀이 이처럼 평이한 것은 어쩌면 원래 '도(道)'라는 것이 평범한 일상에 있기 때문이리라.

흔히 일상은 따분함의 별칭으로 인식된다. 그렇기에 기회만 있으면 누구나 할 것 없이 새롭고 놀라운 것을 찾아 일상을 벗어나고자 한다. 분명 새롭고 놀라운 것들은 우리의 삶에 활력을 줄 터이지만, 일상을 떨치고 먼 세계를 찾아 나서는 일은 현실적으로 그리 쉽지 않다.

무슨 좋은 방안이 없을까? 물론 아주 간편한 방편이 있다. 일상에서 비일상을 찾는 것인데, 노자(老子) 식으로 말하자면, '감기식(甘其食)'하고, '미기복(美其服)'하면 되는 것이다.

자신들이 먹고 있는 음식에서 참맛을 음미하고, 자신들이 입고 있는 옷에서 참된 멋을 뽐내라는 의미이다. 쉽게 말해 일상을 즐기라는 말이다.

엽기(獵奇)를 추구하다 보면 일상적 삶은 더욱 따분해지고 만다. "세상 사람들이 미(美)를 미(美)라고 하자 추악해졌다"라는 노자의 유명한 알쏭달쏭한 문구도 바로 이를 지적하고 있다. 일상을 벗어난 곳에서 미를 찾다 보면 일상은 모두 추(醜)가 되고 만다. 보라. 언론과 자본이 합작하여 만들어내는 미인의 기준이 우리의 눈과 마음을 얼마나 왜곡시키는지를. 우리는 삶의 활력소가 될 무언가 새로운 것이 필요하지만, 그것을 위해 꼭 멀리 갈 필요는 없다.

'구름감상협회(The Cloud Appreciation Society)'라는 흥미로운 단체는 이렇게 제안한다. "그저 고개 들고 구름을 보세요." 이 단체는 '부당한 비난'을 받고 있는 구름을 명예 회복시키고, 그 속에서 무한한 경이로움을 찾고자 하는 사람들로 이루어졌는데, 세계 100여 개 나라에서 온 회원이 수만 명에 달한다고 한다. 그들은 경이로움을 찾기 위해 익숙한 곳을 떠나 세상 저편으로 달려가지 말고, 그저 밖으로 나가 날마다 흔히 일어나는 구름에서 너무나 일상적이라 놓쳐버린 장관을 다시 보아야 한다고 주장한다. 구름은 대자연의 '시인'으로 모든 사람에게 환상적인 볼거리를 공평하게 아낌없이 제공하고 있다는 것이다.

뿐만 아니라 구름은 대기가 자신의 기분을 나타내는 표정이므로 대자연의 역동하는 호흡을 느끼게 해준다. 여름날 천둥 번개와 우박을 동

반하며 거대한 모루 모양으로 대기권 속까지 치솟는 적란운을 보노라면, 우리 인간은 하늘 아래 사는 게 아니라 공기의 바다에서 살아가는 존재임을 실감하게 된다고 한다. 그렇기에 구름을 읊지 않은 시인은 아마도 없을 것이다. 도연명(陶淵明)은 〈사시四時〉에서 네 계절의 아름다움을 다음과 같이 읊었다고 전한다.

春水滿四澤　봄철 물은 사방 못에 넘실대고,
춘 수 만 사 택

夏雲多奇峯　여름 구름 기이한 봉우리 많네.
하 운 다 기 봉

秋月揚明輝　가을 달 밝은 빛 휘날리고,
추 월 양 명 휘

冬嶺秀孤松　겨울 고개 외솔 우뚝하네.
동 령 수 고 송

여름철이면 마치 기이한 산봉우리처럼 피어나는 구름이 멋지다고 시인은 읊고 있지만, 구름이 어찌 여름에만 아름답던가? 또한 구름만이 아름답던가? 구름과 봉우리를 들먹이면 중국의 어느 비구니가 노래했다는 〈오도시悟道詩〉가 절로 생각난다.

盡日尋春不見春　종일 봄을 찾았건만 봄 보이지 않았네.
진 일 심 춘 불 견 춘

芒鞋踏遍隴頭雲　짚신발로 누볐더라, 봉우리 구름 속을.
망 혜 답 편 롱 두 운

歸來笑撚梅花嗅　돌아와 웃나니 매화 잡고 향기 맡으며,
귀 래 소 년 매 화 후

春在枝頭已十分　가지 끝에 봄 있어 어언 물씬하였거늘.
춘 재 지 두 이 십 분

비구니는 봄을 찾아 높은 봉우리 구름 속을 종일 찾아 헤맸지만 봄을 찾지 못했다. 허전한 발걸음을 끌고 일상으로 돌아오니 매화가 피어 있고, 그 향기를 맡아 보니 무르익은 봄내음이 물씬 풍긴다. 바로 여기 가까운 곳에 있었거늘 어딜 헤매었던 거야! 반가움과 깨달음에 비구니 는 웃으면서 매화 한 송이를 손가락으로 비벼본다. 마치 귀여운 아이를 보고 어쩔 줄 몰라 아이의 뺨을 살짝 꼬집어보듯이. 또한 그녀는 "설사 인적 드문 높은 곳에서 봄을 찾았다 한들 함께할 이웃이 없다면 무슨 쓸모가 있으랴!"라고 생각하였을 것이다.

남송(南宋) 때 그다지 알려지지 않은 문인인 나대경(羅大經)은 자신의 유일한 저서인 《학림옥로鶴林玉露》 제6권에 위 〈오도시〉를 성인의 다음 명언과 함께 싣고 있다.

道不遠人　　　　　도는 사람에게서 멀지 않다. 　　　　　－〈중용中庸〉
도 불 원 인

道在邇而求諸遠　　도는 가까이 있건만 먼데서 찾는구나. 　　　－〈맹자孟子〉
도 재 이 이 구 저 원

공자, 맹자와 더불어 이름도 없는 비구니를 과감하게 나란히 거론한 이유는 무엇일까? 도라는 것이 멀리 있지 않다는 사실, 다시 말해 일상 의 소중함을 평범한 사람의 입을 통하여 강조하고 싶었던 것은 아닐 까?

어느새 2월도 다해간다. 봄의 발걸음 소리가 들려오는 듯하다. 하지 만 봄을 찾아 멀리 나설 일은 아니라고 스스로 다짐해 본다. 올해는 나 의 일상과 이웃에서 봄을 찾아보고자 하는 것이다. 흔하디흔한 빛줄기 에 저 오색영롱한 무지개가 들어 있듯이 우리네 일상과 이웃에 그러한 아름다움이 들어 있다고 믿기 때문이다.

# 삶을 즐기는 법을 모를 때

해가 바뀐 지 한참이 되었지만 여전히 새해 다짐을 잘 지키고 있느냐고 묻는 친구들이 종종 있다. 나로서는 좀 당혹스럽다. 언제부터인가 나는 새해가 되어도 무덤덤해졌기 때문이다. "이런 일은 절대로 하지 않아야지" 식의 결의를 다지거나, "이것만은 꼭 해야지" 식의 결심을 하지 않은 것이 제법 오래인 듯하다. 이런 나를 두고 친구들은 말한다.

"왜 그런지 알아? 네가 늙었다는 증거야!"

뭐 그럴지도 모르겠다는 생각을 하면서도 한편 속으로 이렇게 중얼거린다.

"실은 말이지, 나도 나름대로 새해 다짐을 하거든."

신년이 되었다고 특별한 결의나 유별난 결심을 선포하는 행위는 원래 서구에서 건너온 습관이라고 한다. 그래서인지 영어에는 'New Year's resolution'이라는 단어가 있지만, 우리말이나 중국말에는 이에 상응하는 말이 따로 없다. 내가 좋아하는 한시를 뒤져 보더라도 새해 첫날을 노래한 시는 물론 많이 있지만, 특별히 '신년 결의'나 '신년 결심'을 거론한 사례는 좀처럼 찾아보기 어렵다. 예컨대 우리나라의 《동문선東文選》이나 중국의 《어정패문재영물시선御定佩文齋詠物詩選》에 실린 유관 작품 중에 '신년 결의' 따위를 읊은 것은 하나도 없다.

공자는 일찍이 군자(君子)에 대해 묻는 제자에게 이렇게 답변했다. 군자는 "먼저 자신이 하고자 하는 말을 실행한 다음에 그 실행을 좇아 말을 하는 법이다(先行其言而後從之)." 말보다 행동을 중시하는, 최소한 언행일치(言行一致)를 주장하던 전통 시대 동양 지식인은 맹세 따위를 쉬 하지 않았던 듯하다.

송나라 시인 송백인(宋伯仁)은 새해를 맞는 마음을 〈새해 아침(歲旦)〉에서 이렇게 읊고 있다.

| 居閑無賀客 거 한 무 하 객 | 한가로운 삶 신년 하객 없어, |
| 早起只如常 조 기 지 여 상 | 아침 기상 그저 평상 같다네. |
| 桃板隨人換 도 판 수 인 환 | 춘련일랑 남더러 바꾸라 하지, |
| 梅花隔歲香 매 화 격 세 향 | 매화는 해 넘겨 향기로운 법. |
| 春風回笑語 춘 풍 회 소 어 | 봄바람 담소를 돌려주거니와, |
| 雲氣卜豊穰 운 기 복 풍 양 | 구름 기운은 풍년 점치게 하네. |
| 柏酒何勞勸 백 주 하 로 권 | 백엽주 어찌 수고롭게 권하는가, |
| 心平壽自長 심 평 수 자 장 | 마음 편하면 수명 절로 길거늘. |

새해 첫날, 물론 음력 설날이지만, 사람들은 복숭아나무 널빤지(桃板)에 길상을 축원하는 문구를 적은 춘련(春聯)을 대문에 내걸고, 또 측백나무 잎을 넣어 빚은 백엽주(柏葉酒)를 권하면서 장수를 빈다고 떠들썩하다. 그러나 해가 바뀐다고 매화가 향기를 바꾸더냐? 시인은 별 관심이 없다. 식구들의 담소를 흐뭇해하고 풍년을 기원하는 마음이야 가버린 해나 오는 해나 한 가지이기 때문이다. 그래서 시인의 설날은 평상과 다를 게 없고 마음은 평온할 따름이다. 평상을 관조하며 즐기는 시인의 모습이 눈앞에 선명하다.

삶을 즐기는 삶, 이것이야말로 누구나 꿈꾸는 이상이리라. 다시 공자의 말을 빌리자면, "지지자불여호지자(知之者不如好之者) 호지자불여락지자(好之者不如樂之者)"인 것이다. 대명사 '之'를 전라도 말 '거시기'로 바꾸어서 번역하면 다음과 같다.

"거시기를 아는 자는 거시기를 좋아하는 자만 못하고, 거시기를 좋아하는 자는 거시기를 즐기는 자만 못하다."

여기서 '거시기'는 도(道), 학문, 취미 등 한 마디로 삶을 두루 가리킨다. 문제는 어떻게 삶을 즐기는 경지에 도달할 수 있느냐는 건데, 답은 의외로 간단하다. 위 문구를 뒤집으면 바로 답이 된다. 즐기기 위해서는 먼저 좋아해야 하고, 좋아하기 위해서는 먼저 알아야 하는 것이다.

흥미롭게도 공자 사후 2300년이 더 지난 서양에서도 매우 흡사한 설법을 한 사람이 있었다. "신은 죽었다"는 충격적인 발언을 한 니체는 《차라투스트라는 이렇게 말했다》에서 인간의 정신이 어떻게 해서 낙타가 되고, 낙타가 어떻게 해서 사자가 되며, 마지막으로 사자가 어떻게 해서 어린아이가 되는지를 차례대로 설명하고 있다. '낙타'는 외부에서 주어지는 기준이나 임무를 묵묵히 수행하는 단계를 비유하므로 공자의 '지지자(知之者)'에 해당한다. '낙타'의 수동적 태도를 극복하고 자유를 쟁취하는 '사자'는 '호지자(好之者)'에, 그리고 자신과 타자의 구분을 넘어선 천진무구하고 즐거움 자체인 '어린아이'는 '락지자(樂之者)'에 각각 상응한다. 니체는 물론 사람의 정신은 낙타에서 사자를 거쳐 어린아이에 도달해야 한다고 주장하고 있다. 공자의 주장과 많이 닮았다.

나는 어떤 삶을 살고 있을까? 지지자인 낙타인가, 호지자인 사자인가, 아니면 락지자인 어린아이인가? 실제 나의 삶은 이 세 단계를 공유하고 있거니와, 또 그렇게 하고 싶다. 예컨대 언어를 예로 들자면, 말장난을 즐길 수 있는 모국어에서 나는 어린아이에 가깝지만, 이제 배우기 시작한 외국어는 기본 문법에 충실해야 하니 기꺼이 낙타가 되어야 하는 것이다. 낙타를 거치지 않으면 사자도 어린아이도 될 수 없는 법이다. 또한 정말 나에게 중요한 것은 공자와 니체의 가르침을 아는 것 자체가 아니다. 그 가르침을 좋아하고, 나아가 그 가르침마저도 즐기고 싶기 때문이다. 그러고 보니 나의 신년 결의는 다짐 없는 다짐이었나 싶다.

# 작심삼일로 끝났을 때

"십 · 구 · 팔 · 칠 · 육 · 오 · 사 · 삼 · 이 · 일! 땡! 새해 축하합니다. 새해 복 많이 받으십시오!"라고 외친 것이 엊그제 같은데…. 새해를 맞이하여 굳게 다짐했던 약속들이 얼마나 지켜지고 있는지 되돌아보게 하는 시점이다. 아마 작심삼일(作心三日)에 스스로 실망하고 안타까워하는 사람도 있을 터이지만, 언제부터인가 나는 그런 적이 없게 되었다. 내 사전에 작심삼일이라는 단어는 없다고 감히 말해도 좋을 정도이다. 대답은 간단하다. 아예 섣부른 작심을 하지 않기 때문이다. 물론 내가 아무런 다짐도 없이 새해를 맞는다는 의미는 아니다. 구체적인 목표 수치나 지점을 특정하지 않는다는 말일 뿐이다. 인생에서 중요한 것은 일정한 수치가 아니라 자세이고, 특정한 지점이 아니라 방향이라는 생각이 들게 된 것이다.

새 학기가 되면 나는 학생들에게 당나라 시인 왕지환(王之渙)의 〈관작루에 올라서(登鶴雀樓)〉를 들려주곤 한다.

白日依山盡
백 일 의 산 진

백일은 산을 따라 져가고,

黃河入海流
황 하 입 해 류

황하는 바다로 흘러드네.

欲窮千里目
욕 궁 천 리 목

천리 안목을 다하고 싶어,

更上一層樓
갱 상 일 층 루

한 층 다락을 다시 오르네.

겨우 스무 개의 글자로 이루어진 오언절구이다. 쉽게 풀이하자면, "누대에 올랐더니 지는 해와 흘러가는 황하가 보인다. 좀 더 멀리 보기 위해 다락을 한 층 더 올라간다"는 너무나 평범한 내용이다. 그럼에도 불구하고 이 시가 가장 즐겨 읊는 명시 가운데 하나로 꼽히는데, 그 이유는 무엇일까? 그것은 '평범함' 속에 '심오'한 철리(哲理)가 옹골지게 담겨 있기 때문이다. 마치 프리즘을 통해 보면 무색투명한 빛 속에 빨주노초파남보 무지개가 고스란히 들어 있는 것처럼.

아무리 작열하던 태양도 져가고, 그렇게 도도하던 황하도 흘러가기 마련이다. 우리 인생 역시 그러하리라. 그렇지만 시인은 여기에서 감상에 빠지지 않는다. 나는 누구인가, 우리는 왜 사는가를 자문하며 묵묵히 구도의 발걸음을 내딛겠다고 다짐하고 있다. 이런 마음가짐을, 천리 안목을 다하고자 한 층 다락을 더 오른다는 비유로 나타내고 있다. 인생의 궁극은 수치나 지점에 있는 것이 아니라 자세나 방향에 달려 있다는 사실을 시인은 노래하고 있는 것이다.

시인 왕지환의 마음은 멀리 맹자의 호연지기(浩然之氣)와도 통한다. 호연지기는 천지간을 가득 채울 정도로 지대지강(至大至剛)한 '드넓은 기상'으로, 그것은 "반드시 마음속에 할 일을 갖고 있되, 서두르지 않으면서" 올바름으로 키워 가다 보면 도달하는 경지이다. 맹자는 특히 "서두르지 않아야" 하는 이유를 알묘조장(揠苗助長)이란 우화로 강조한다.

한 농부가 심어놓은 작물이 빨리 자라지 않아 안달을 냈다. 그래서 하루는 싹(苗)을 뽑아(揠) 그 작물의 성장(長)을 도와주었다(助). 억지로 작물의 키를 키워 자신의 희망 수치에 맞춘 것인데, 그 결과는 뻔하다. 말라 죽기밖에 더 하겠는가!

맹자가 보기에 세상에는 두 종류의 사람으로 넘친다. 작물을 방치하여 잡초에 묻히게 하는 사람과, 그것의 성장을 억지로 조장하다 죽이고 마는 사람이다. 물론 더 나쁜 것은 후자이다.

진정한 농부는 방치하지도 조장하지도 않는다. 늘 마음에 품고 있되 서두르지 않고 차분히 기다린다.

호연지기는 이런 농부의 마음자세에서 자라난다. 시인의 천리 안목이 묵묵히 한 층 다락을 더 오르는 걸음에서 커 나가는 것과 같다.

최근 심리학의 연구 결과에 따르면, 학교든 사회든 다양한 상황에서 성공을 거두는 사람들에게는 공통된 특성이 있다고 한다. 그것은 사회적 지위, 잘생긴 외모, 건강한 육체 조건, 높은 아이큐가 아니라 바로 '그릿(grit)'이다. '기개'나 '투지' 등으로 번역될 수 있는 그릿은 목표를 향해 오래 나아갈 수 있는 열정과 끈기를 가리킨다. 그것은 일주일이나 한 달이 아니라 몇 년에 걸쳐 꿈을 실현시키기 위해 진짜 열심히 노력하는 마음 '자세'이다. 그릿은 이런 점에서 호연지기와 흡사하다. 다만 차이가 있다면, 그릿은 성공을 위한 한갓 도구에 지나지 않지만, 호연지기는 삶의 최고 경지로서 그 자체가 목표라는 점이다.

작심삼일에서 벗어나려면 알묘조장의 우를 범하지 말아야 한다. 거듭 강조하지만, 호연지기나 천리 안목은 섣부른 수치나 지점이 설치는 곳에서는 결코 자라나지 못한다. 시인의 발걸음을 따라야 하고, 농부의 마음가짐을 배워야 한다. 인생은 흔히 이야기되듯 단거리 경주가 아니라 마라톤이라는 사실을 기억해야 한다. 하물며 머잖아 100세 시대가 오고 있다고 하니 이제 인생은 울트라 마라톤이 되었다. 그러니 더욱더 작심삼일하거나 서두를 일이 아니다.

# 봄날, 지천의 버들이 성가실 때

무등산 자락과 광주호가 만나는 지점 충효동의 한 마을 입구에는 왕버들 세 그루가 거목이 되어 우뚝 서 있다. 원래 일송(一松), 일매(一梅), 오류(五柳)라 하여 소나무와 매화나무와 더불어 버드나무 다섯 그루가 있었다고 하나 지금은 왕버들만 세 그루 남아 있다. 수령이 400년을 훌쩍 넘고 '김덕령 나무'라고 불릴 정도로 역사적 의미가 커서인지 2012년 천연기념물 제539호로 지정되었다.

그 왕버들이 유달리 인상 깊었던 적이 있었다. 언제인가 한 무리 유치원생들이 그 아래서 뛰어놀고 있는 모습을 보았는데, 그 순간 가슴이 뭉클하고 눈시울이 젖어 왔었다. 거목과 개구쟁이가 왜 그토록 나를 감동시켰는지 그때는 알지 못했다.

광주천을 따라 내려가면 왕버들과 전혀 다른 처지의 버들을 만나게 된다. 양동 복개 시장을 지나 임동 지역으로 접어들면 몇 그루 버들이 있는데, 한눈에 봐도 구박덩어리 신세다. 여기저기 굵은 가지가 싹둑 잘린 채로 겨우 몰골을 유지하고 있는데, 한 마디로 몽당버들이다.

한때 천변 도로에는 버들이 쭉 심어져 있었다. 늘어져 바람결에 나부끼는 버들가지는 여유롭고 보기 좋았다. 게다가 황금빛 꾀꼬리가 버들가지를 뚫고 나르기라도 한다면 금상첨화(錦上添花)였다. 그런데 언제부터 차츰차츰 베어져 없어지고, 겨우 남은 것도 싹둑 잘리는 신세가 되고 말았다. 아마 버들솜이 알레르기를 일으킨다는 이유였던 것 같다. 어쩌면 현대 도시에 잘못 태어난 광주천 몽당버들은 충효동 왕버들이 부럽고 옛 사람이 그리울 것이다.

묏버들 가려 꺾어 보내노라 님의 손에
자는 창 밖에 심어두고 보소서
밤비에 새 잎 곧 나거든 나인가도 여기소서.

정인(情人)을 떠나보내면서 홍랑이 읊은 시조이다. 옳게 심어도, 거꾸로 심어도, 뚝 끊어 심어도 잘 자라는 버들은 어떠한 상황에서도 시들 리 없는 홍랑의 사랑을 상징한다. '버들 류(柳)'가 '머무를 류(留)'를 연상시키기에 한자문화권에서는 오래전부터 버들가지를 꺾어주어 붙잡고 싶은 마음을 나타냈다는 사실을 겹쳐 읽으면 더욱 좋다. 또 여인의 고운 눈썹을 유미(柳眉)라 하고, 날씬한 허리를 유요(柳腰)라고 하니 홍랑이 꺾어 쥐어준 버들은 자신의 몸 자체였으리라. 버들잎을 띄워 물 대접을 건넨 여인을 왕비로 맞이하였던 고려 태조 왕건과 조선 태조 이성계는 버들의 의미를 알았을 터이다.

버들이 송별과 여인만을 상징하는 것은 아니다. 저명한 전원시인 도연명이 자신의 집에 다섯 그루 버들을 심어 놓고 오류선생(五柳先生)이라

자칭하였듯이, 버들은 때로 멋있는 남자를 비유한다. 동진(東晉) 시대 멋쟁이 왕공(王恭)을 "봄 달빛 아래 버들(春月之柳)"과 같다고 형용함이 좋은 예이다. 잠깐, 충효동의 왕버들도 원래 다섯 그루였었지.

사실 길게 가지를 드리워 땅을 쓸고, 높게 버들개지를 날려 하늘에 오르는 버들을 보면 나는 문득 공자가 말한 군자의 한 모습을 떠올린다.

下學而上達　아래 땅에서 배워 위 하늘에 이른다.　　　−〈논어論語〉
하 학 이 상 달

알고 보면 버들개지, 즉 버들솜도 나름 '꽃'이다. 여자의 뛰어난 글재주를 '영설지재(詠雪之才)'라고 한다. 동진 시대 어느 명문가의 딸이 눈을 보고 바람에 날리는 버들솜 같다고 한 데서 유래한 것이다. 눈이 버들솜 같다고 읊었으니, 그녀의 눈에는 버들솜이 눈보다 아름다운 '꽃'이었음에 분명하다. 사실 버들솜은 약동하는 계절의 도래를 예보하기도 한다. 보라, 버들솜이 날리고 나면 황금빛 꾀꼬리가 버들가지에 날아들지 않았던가? 이를 멋지게 묘사한 시구가 "앵천사류직금사(鶯穿絲柳織金梭)"인데, "꾀꼬리가 버들가지를 뚫고 지나니 베 짜는 황금 북이어라"라는 의미이다. 지나치게 꾸며 부자연스럽다고 이 문구를 악평하는 사람도 있지만(섭몽득葉夢得,〈석림시화石林詩話〉하권), 꾀꼬리를 북 삼고 버들가지를 실 삼아 대자연의 비단을 잣고 있는 조물주의 조화를 느끼면 그만이다.

충효동 옛 사람이 버들의 좋은 면을 보니 사랑이 생기고 사랑을 쏟다 보니 활기(活氣)가 넘쳐 왕버들을 낳았다면, 광주천 도시민은 버들의 궂은 면을 보니 미움이 생기고 미움을 퍼붓다 보니 살기(殺氣)가 서려

몽당버들을 만들었으리라.

　이제는 알 것 같다. 그때 왜 개구쟁이 아이와 거목 왕버들이 그토록 나를 뭉클하게 했는지를. 개구쟁이 모습에 왕버들의 어린 시절이 어른거리고, 왕버들의 자태에 아이들의 미래가 비춰 보이고 있었던 것이다. 개구쟁이 장난이 아무리 짓궂다고 아이들을 내칠 일이 아니듯이, 버들솜이 성가시다고 버들을 싹둑 자를 일이 아니었나 싶다.

　광주천에서 꾀꼬리가 황금 북이 되어 버들가지로 비단을 짜는 모습을 다시 볼 수 있을까? 우리 개구쟁이들이 사회의 거목으로 자라나길 바란다면 이 또한 무망한 기대가 아니었으면 한다.

# 거짓말이 넘쳐나는 세상이 짜증날 때

어릴 적 만우절은 신나고 신기한 날이었다. 거짓말을 해도 혼나지 않는 날이라서 신나고, 만인(萬人)이 속아 바보 우인(愚人)이 되는 명절(名節)이어서 만우절(萬愚節)이라고 한다니 신기하였다. 그런데 갈수록 만우절이 신나기는커녕 도리어 우울해진다. 왜일까? 나이 먹어간다는 증표일까? 그것만은 아닌 듯하다. 삼복더위에 온풍이 짜증나듯이, 세상이 온통 거짓말이어서 거짓말이 재미없어진 것일까? 그것만도 아닌 듯하다.

거짓말을 거론하면 이솝 우화의 '양치기 소년과 늑대'가 떠오르기 마련이다. 양치기 소년이 심심한 나머지 "늑대가 나타났다!"라고 장난으로 외쳐댔다. 마을 사람들이 너나 할 것 없이 우르르 몰려오는 모습이 우스워 재미있었다. 장난은 이어졌고, 두세 번쯤 마을 사람들은 웃음거리가 되어 집으로 돌아갔다. 그러던 어느 날 진짜 늑대가 나타나자 "늑대다! 늑대가 나타났다!"라고 소년은 목이 터져라 소리를 질렀다.

결과는 뻔했다. 아무도 오지 않아 양들을 잃고 말았던 것이다. 이솝은 말미에 이렇게 교훈을 달고 있다.

거짓말쟁이들이 얻는 것은 한 가지뿐이며, 그것은 그들이 진실을 말해도 남들이 믿어주지 않는다.

거짓말을 하다 보면 참말마저 믿지 못하게 되어 비참한 결과를 초래한다는 의미이다. 그렇다면 참말은 어떨까?

공자의 수제자인 증자(曾子)는 유명한 효자였다. 증자가 산으로 땔나무를 하러 갔는데 갑자기 집으로 손님이 찾아왔다. 당황한 어머니가 자신의 손가락(指)을 깨물자(嚙) 증자가 가슴(心)이 아파서(痛) 급히 귀가하였다. 아무리 멀리 떨어져 있어도 효자는 어머니의 마음을 알아채는 법이다. '설지심통(嚙指心痛)'이라는 제목으로 〈이십사효二十四孝〉에 실려 있는 유명한 일화이다.

증자의 본명은 증삼(曾參)이었다. 당시 동명이인인 한 사람이 있었는데, 그가 살인을 저질렀다. 어떤 사람이 증자의 어머니에게 달려가 "증삼이 사람을 죽였어요!"라고 알렸다. 어머니는 꿈쩍도 하지 않고 짜던 베를 짤 뿐이었다. 또 한 사람이 알렸다. 이번에도 듣는 둥 마는 둥 베를 짰다. 또 한 사람이 알렸다. 그러자 어머니는 베틀 북을 던지고 담장을 넘어 도망쳤다. 증삼이 살인을 했다는 진술은 분명 참말이지만, 엉뚱한 사람에게 거듭 전달되니 천하의 효자를 둔 어머니도 자식을 의심하는 지경에 이르고 만 것이다. 이처럼 참말이라고 다 좋은 것은 아니다. 게다가 그것이 악의에서 비롯된다면 종종 치명적인 결말로 이어진다.

실제로 언제나 거짓말이 나쁘고 참말이 좋은 것은 아니다. 역시 증자의 이야기이다. 증자는 아버지 증석(曾晳)에게 진지를 차려드릴 때 아무리 어려워도 술과 고기를 빠뜨리지 않았다. 남기시면 상을 치우면서 언제나 여쭈었다.

"주고 싶은 사람이라도 있으십니까?"

그리고 아버지가 드시면서 "더 있느냐?"라고 하면, 설사 없더라도 "예, 더 있으니 많이 잡수세요"라고 답변하였다.

아버지가 돌아가시자 이번에는 아들 증원(曾元)이 증자를 봉양하였다. 증원 역시 끼니마다 술과 고기를 빠뜨리지 않았다. 그러나 상을 물릴 때 주고 싶은 사람이 있는지 묻지 않았다. 증자가 "더 있느냐?"라고 물으면 "없습니다"라고 사실대로 답변했다.

증자는 거짓말을 했고, 증원은 참말을 했다. 이에 대해 맹자는 증원은 어버이의 입과 몸을 봉양하는 '양구체(養口體)'이고, 증자는 마음을 봉양하는 '양지(養志)'라고 평가하였다. 진정한 효는 거짓말을 해서라도 어버이의 마음을 편하게 해드려야 한다는 것이다.

사실 말은 도구에 불과하다. 장자는 뜻을 얻었으면 말을 버려야 한다고 했다. 뜻이 본(本)이요, 말은 말(末)에 불과하니 근본을 중시하라는 뜻이다.

때때로 나는 "법대로 하자"는 말이 몹시 짜증스럽다. 그것이 뜻을 버리고 말만 따르자고 하고 있기 때문이다. 말꼬리를 잡고 늘어지는 사람이 가증스러운 이유도 마찬가지다. 또한 우리 사회가 '악한 참말'보다 '선한 거짓말'을 더 필요로 하는 이유도 여기에 있는 것이다.

선거철이 다가오기만 하면 어김없이 여기저기 말들이 넘쳐나기 일쑤다. 너도나도 참말이라고 떠들어댄다. 그것들이 설사 참말이라도 마음이 편치가 않다. 장소와 때가 맞지 않거니와, 남의 약점을 이용하여 자신의 잇속을 챙기려는 속셈이 곱지 않아서 그러하다. 이러한 것들이 관심을 끌기는커녕 사람을 우울하게 만든다. 그래서 올해의 만우절은 내게는 '萬愚節(만우절)'이 아니라 '滿憂節(만우절)'이 되고 말았다.

# 외모지상주의가 판칠 때

그럴 리가 없다고 하면서도 미심쩍어 왕생(王生)은 발걸음을 재촉하였다. '그녀'가 있는 별채의 출입문은 오늘도 안으로 굳게 잠겨 있었다. 몸에 요기(妖氣)가 끼어 있다는 도사의 경고가 생각나서 왕생은 문을 두드리는 대신 소리 없이 담장을 넘어갔다. 아니나 다를까 방문도 안으로 굳게 잠겨 있었다. 왕생은 숨을 죽이며 문틈으로 들여다보았다.

"헉! 아니 이럴 수가!"

고운 '그녀'의 모습은 간데없고 흉측하기 짝이 없는 괴물이 앉아 무언가에 열중하고 있는 것이다. 푸르뎅뎅한 낯빛에 톱날 같은 이빨을 드러낸 채로 괴물은 사람 가죽을 펴놓고 붓으로 정성껏 그리더니 그 가죽을 털털 털어 머리부터 발까지 뒤집어썼다. 이제 괴물은 간데없고 그토록 사랑스런 '그녀'가 다시 눈앞에 나타났다. 길에서 우연히 만나 집으로 데려온 '그녀'는 이처럼 매일 그린(畵) 인간 가죽(皮)을 둘러쓰고 아름다운 미

녀로 행세해 왔던 것이다.

이 이야기는 청나라 소설가 포송령(蒲松齡)의 《요재지이聊齋志異》에 실린 쇼킹한 이야기 〈화피畵皮〉의 첫 대목이다.

얼마 전 버스 출발 시간이 제법 남았기에 시간을 보낼 겸 고속터미널 부근 네거리를 서성댄 적이 있었다. 건물 구경이나 할 요량이었지만, 눈에 들어오는 것은 층마다 내걸린 커다란 간판과 요란한 선전 문구뿐이었다. 목 좋은 거리가 다 그렇지 하면서도 좀 유심히 보았더니 무언가가 여느 곳과 달랐다.

"당당한 S라인 여우들의 비밀!"

"광대 · 사각턱 안면비대칭 얼굴 축소!"

"날씬한 아름다움, 레이저 지방 흡입!"

다른 점은 바로 성형외과가 유달리 많다는 것이었다. 백화점이 차지하고 있는 한 곳을 제외한 나머지 세 모퉁이에 성형외과가 무려 15개가 밀접해 있었다. 우리나라를 성형왕국이라고 부르는 말이 허언(虛言)이 아님을 실감하는 순간이었다. 그와 동시에 〈화피〉 이야기가 떠올랐다. 이야기는 다음과 같이 이어진다.

정체가 들통 나자 '그녀'는 본색을 드러내서 왕생의 배를 가르고 심장을 먹어치워 버렸다. 급히 도사를 불러와 괴물을 잡아 처치하였지만, 왕생은 이미 죽은 뒤였다. 왕생의 아내가 살려달라고 애걸복걸하자 도사는 저자거리에 살고 있는 '거지'를 찾아가라고 일러주었다. 지저분하기 짝이 없는 몰골을 하고 있던 그 '거지'가 "나도 남자인데, 왜 죽은 자를 꼭 살리려고 하느냐?"는 식으로 한참을 놀려대더니, 가래를 손바닥에 퇴하고 뱉어서 그녀에게 먹게 했다. 남편을 살리겠다는 일념에 그녀는 눈을 감고 그것을 삼켰다. '거지'는 껄껄 웃어대더니 연기처럼 사라져버렸다. 속은 것 같아 분하고 억울했지만 그녀는 집으로 돌아와 남편의 시신을 수습하는 것 이외에 달리 할 바가 없었다. 울며불며 염을 하는데, 가슴속에서 무언가가 망울지더니 입 밖으로 뛰쳐나와 시신 위에 떨어졌다. 깜짝 놀라 보니 어느새 심장처럼 커진 그 망울이 팔딱팔딱 뛰고 있었다. 왕생은 그 가래 망울 덕분에 되살아났다.

〈화피〉는 요약하자면 아름다운 외모를 한 '그녀'는 멀쩡한 사람의 심장을 앗아가지만, 지저분하기 짝이 없는 '거지'는 그것을 되돌려준다는 황당한(?) 이야기로서, 전통시대 동양적 인식을 잘 보여주고 있다. 그 '거지'는 노자(老子)가 말하는 '피갈회옥(被褐懷玉)'하는 성인을 상징한다. '피갈회옥'은 거친 베옷인 갈옷(褐)을 걸치고서(被) 그 안에 옥(玉)을 품는다(懷)는 뜻이다.

노자가 보기에 외양은 중요하지 않을 뿐만 아니라, 심지어 내면을 망치는 '괴물'인 것이다.

한편, 유가의 관점은 좀 다르다. 만약 가죽을 벗겨버린다면 호랑이와 표범이 개와 양과 다를 게 있겠느냐는 비유를 통하여 외면의 중요성을 인정한다. 물론 외면이 내실을 능가해서는 안 된다. 공자는 이를 '문질빈빈(文質彬彬)'이라 했는데, 외면인 문(文)과 내면인 질(質)이 동시에 빛나다(彬彬)라는 뜻이다. 〈화피〉에서 그럴싸하게 차려입은 도사가 여기에 해당한다. 아무튼 '화피'의 치명적인 폐해는 '문질빈빈'과 '피갈회옥'으로 다스려야 한다고 포송령은 일러주고 있는 듯하다.

대중의 인정과 개인의 발산을 중시하는 현대 사회에서 아름다워지고 싶은 욕망은 결코 탓할 일은 아닐 것이다. 그렇지만 자신의 내면도 들여다보면서 '문질빈빈'을 지향하는 사람은 얼마나 될까? 황차 '피갈회옥'이야 말해 무엇 하랴? 퀴퀴한 구닥다리로 치부됨이 당연하리라. 다만 우리 사회가 '화피' 일변도로 나가지 않기를 바랄 뿐이다. 가죽을 그리는 '그녀'는 언제나 어디에서나 치명적인 괴물이기 때문이다. 건물이 보이지 않을 정도로 간판만 즐비한 거리, 목 좋은 자리를 독차지하는 성형외과, 이것들을 우리 시대 우리 사회의 속내를 보여주는 표상이라고 여기는 것이 나만의 부질없는 기우(杞憂)였으면 좋겠다.

# 부부가 잘 싸워야 할 때

또 얼마 전에 제자 한 명을 서운하게 만들어서 돌려보냈다. 나에게 이런저런 이유를 들면서 주례를 서달라고 간곡히 부탁하였음에도 불구하고, 나도 이런저런 핑계를 대면서 끝내 모질게 고사했기 때문이다. 지금까지 주례를 맡은 적도 없거니와 앞으로도 없을 터이니 너무 섭섭해 하지 말라고 달랬지만, 실망한 표정이 역력했다. 차마 그대로 보낼 수 없어 문을 나서려는 제자를 불러 세웠다. 정말로 결혼을 축하하고, 기회가 있는 대로 주례 대신에 글이라도 한 편 써서 주겠노라고 약속하였다. 결혼식장에 가면 주례사를 유심히 듣는 편인데, 아마도 제자들의 주례 요청을 거절해 온 것이 마음에 걸렸던 모양이다.

주례사마다 세상에서 가장 아름답고 간절한 축복과 당부를 담은 주옥 같은 말들로 채워지지만, 그 핵심 내용은 크게 다르지 않다. 하늘을 나는 비익조(比翼鳥)와 땅에서 자라는 연리지(連理枝)처럼 늘 한 몸으로 사이좋게 지내라는 것이다. 잘 알려져 있듯이, 연리지는 두 가지가 서로 맞닿아 결이 이어져 하나가 된 나무이고, 비익조는 날개가 하나여서 늘 암수가 짝을 지어야 날 수 있다는 전설의 새이다. 멋진 비유이지만 어쩐지 비현실적이라는 느낌이 든다. 게다가 혹 부창부수(夫唱婦隨)가 그 비결이라고 거론하는 것을 듣노라면 나도 몰래 피식 웃게 된다. 시대에 맞지 않은 구닥다리라는 느낌이 들기 때문이다.

남과 남이 만나 살다 보면 의견 충돌이 있기 마련이다. 날마다 하늘이 맑기만 한다면 온 땅이 사막으로 변해버린다고 하지 않던가. 아무리 잉꼬부부라고 하더라도 사이가 좋을 때도 있고 나쁠 때도 있는 법이다. 그래서 나는 차라리 '잘' 싸우라고 권하고 싶다.

사실 백년해로하기 위해서는 '잘' 싸워야 하는데, 그 방법은 의외로 간단하다. 최소한 상대를 배려하고 존댓말을 쓰면 된다.

중국 원나라 시기, 조맹부(趙孟頫)와 관도승(管道昇)은 화가이자 서예가로서 뿐만 아니라 금슬이 좋기로 소문이 자자한 부부였다. 그런 부부에게도 위기는 있기 마련이다. 중년을 넘어서면서 남편 조맹부가 어느 여인을 좋아한 나머지 첩으로 들이고자 했다. 속된 표현으로 바람을 피운 셈인데, 어느 날 그가 시 한 수를 써서 넌지시 그런 속내를 드러냈다. 날벼락 같았지만, 관도승은 차분히 〈아농사我儂詞〉라는 시를 지어 답하였다.

你儂我儂      너와 나 나와 너,
이 농 아 농

忒煞情多      너무나 다정했지.
특 살 정 다

| | |
|---|---|
| 情多處<br><small>정 다 처</small> | 정이 넘쳐나서, |
| 熱如火<br><small>열 여 화</small> | 불처럼 뜨거웠지. |
| 把一塊泥<br><small>파 일 괴 니</small> | 진흙 한 덩이 쥐어다가, |
| 捻一個你<br><small>염 일 개 이</small> | 너 하나를 빚었거니와, |
| 塑一個我<br><small>소 일 개 아</small> | 나 하나 빚었기 때문이다. |
| 將咱兩個<br><small>장 찰 량 개</small> | 이제 우리 둘을 쥐고서, |
| 一起打破<br><small>일 기 타 파</small> | 한꺼번에 때려 부수리. |
| 用水調合<br><small>용 수 조 합</small> | 물을 부어 반죽하여, |
| 再捻一個你<br><small>재 념 일 개 이</small> | 다시 너 하나를 빚고, |
| 再塑一個我<br><small>재 소 일 개 아</small> | 다시 나 하나 빚으리. |
| 我泥中有你<br><small>아 니 중 유 이</small> | 내 흙에 네가 있고, |
| 你泥中有我<br><small>이 니 중 유 아</small> | 네 흙에 내 있도록. |
| 與你生同一個衾<br><small>여 이 생 동 일 개 금</small> | 너와 살아서는 한 이불, |
| 死同一個槨<br><small>사 동 일 개 곽</small> | 죽어서는 한 무덤이리라. |

　원래 진흙 한 덩이로 빚어진 한 몸으로 불처럼 뜨거웠던 우리의 사랑이 식었다면, 함께 깨부수어 다시 반죽하여 빚을 수밖에 없다고, 점잖게 그러나 준엄하게 꾸짖자 조맹부는 순순히 망상을 접었다. 이후 두 사람은 일심동체로 여생을 함께하였다. 그러다가 아내가 먼저 죽자 조

맹부는 지극정성으로 장례를 거행하였고, 얼마 뒤 자신도 죽어 아내의 곁에 나란히 누웠다. 관도승의 말대로 "살아 한 이불, 죽어 한 무덤"을 실천한 것이다.

만약 관도승이 시를 읊지 않고 "너 죽고 나 죽자"는 식으로 거친 말을 퍼부었다면 그 결과는 전혀 달랐으리라. 관도승은 존댓말을 써서 '잘' 싸웠기에 사랑을 끝까지 지켜냈던 것이다. 감정을 고르고 말을 가다듬는 시야말로 최고의 존댓말일 터이니 말이다. 일찍이 공자가 자신의 아들 리(鯉)에게 시를 배우지 않으면 말할거리가 없게 되고, 시를 배워야 사람을 원망할 수 있게 된다고 강조하였던 의중도 이런 맥락에서 이해해도 좋겠다.

요즘 젊은이들 사이에는 자극적인 축약어가 유행일 뿐만 아니라 때로는 이마저도 귀찮아 이모티콘으로 대신하기 일쑤라고 한다. 사정이 이러하니 시로 대화를 나눈다는 것은 언감생심(焉敢生心)이고, 존댓말로 말다툼 하는 것도 결코 쉬운 일이 아니다. 그래도 포기해서는 안 된다. 결혼하는 순간부터 예전의 가벼운 말투를 버리고 부부 상호 존댓말을 쓰는 습관을 길러야 한다. 그래야만 싸울 일이 줄어들거니와 싸우더라도 '잘' 싸울 수 있기 때문이다. 머잖아 결혼 할 그 제자에게, 그리고 그 동안 주례를 거절당한 제자들에게 꼭 한 마디만 당부하고 싶다.

"부부간에 존댓말을 써라. 그리고 '잘' 싸워라!"

## 엉뚱한 방향으로 가는 정치인을 볼 때

일을 많이 그리고 열심히 했다고 자랑하는 사람들이 우리 주위에는 꽤 많다. 재임 시의 업적을 자화자찬하며 회고록을 출간하는 전직 정치인이나 매일 갑론을박하며 매스컴을 도배하고 있는 현직 정치인들이 그 대표적인 예일 것이다. 일이란 많이 열심히 했다고 꼭 좋은 것만은 아니다. 많이 할수록 더 큰 민폐를 끼치는 경우가 어쩌면 더 많은지도 모른다. 그 지향이 잘못되었다면 말이다. 마치 남쪽으로 가야 하는 수레가 북쪽을 향하고 있는 '남원북철(南轅北轍)'처럼.

열심히 북쪽을 향해 마차를 몰고 가는 사람이 있었다. 행인이 물었다.
"어디로 가십니까?"
마차에 탄 사람이 답했다.
"남쪽 초나라로 가는 길입니다."
"예! 그런데 왜 북쪽으로 가십니까?"

행인이 깜짝 놀라며 물었다.

"상관없어요. 내 말은 잘 달리니까."

그 사람이 의기양양 대답하였다.

"말이 아무리 좋아도 초나라 가는 길이 아닌데요."

"상관없어요. 나는 여비가 넉넉하니까."

"여비가 아무리 많아도 초나라 가는 길이 아닌데요."

"상관없다니까요. 내 마부가 뛰어나니까."

"그것들이 좋으면 좋을수록 더욱 목적지에서 멀어지는데…."

좋은 말과 넉넉한 여비, 그리고 뛰어난 마부 등 많은 것들을 아무리 열심히 마련하더라도 다 부질없는 일이다. 방향 설정이 잘못되었다면 오히려 역효과만 야기할 뿐이다. 이 이야기는 계량(季梁)이라는 신하가 또 전쟁을 벌이려는 왕을 설득하기 위해 들려준 우화로, 전국시대 수많은 제후국 전략가의 책략을 모아 놓은 책인 《전국책戰國策》·〈위책魏策〉에 실려 있다.

동서고금을 막론하고 인류는 이상향(理想鄉)을 꿈꾼다. 거기에 인류가 가야 할 방향이 제시되어 있기 때문이리라.

동아시아 한자문화권의 이상향을 대표하는 것은 무릉도원(武陵桃源)인데, 이는 420년 무렵 중국 도연명이 쓴 《도화원기桃花源記》에 나온다.

무릉에 사는 어느 어부가 물고기를 잡으려고 강을 거슬러 올라갔다. 갑자기 만발한 복숭아꽃(桃花)이 나타나더니 수원지(水源池)까지 이어졌다.

그 끝에 동굴이 있어 들어가 보니 별천지가 펼쳐졌다. 폭군 진시황이 일으킨 전란을 피해 피난 온 사람들이 오순도순 농사를 지으며 살고 있었던 것이다. 머리가 희어졌다가 다시 누렇게 된 극노인(極老人)부터 머리를 늘어뜨린 어린아이까지 모든 사람이 즐겁게 노닐고 있었다.

서구문화권에서는 이상향을 유토피아(Utopia)라고 부르는데, 이는 토머스 모어(Thomas More)가 1515년에 쓴 《이상 국가이자 신천지 섬나라 유토피아》에서 유래한다. 유토피아는 장기간 바다 여행을 하였던 기인 라파엘 휘틀로다이우스가 5년 이상 체류하였던 곳이다. 그곳은 적도선 아래 어딘가에 있는 섬나라인데, "모든 것이 모두에게 속하기 때문에 누구도 가난하지 않고, 누구도 구걸하지 않으며, 누구도 개인적으로 소유하지 않으면서도 모두가 부유하게 살고 있다"고 한다.

도연명의 무릉도원은 노자의 소국과민(小國寡民), 즉 '작은 나라 적은 백성'을 모태로 하고 있어 상부상조하면서 자급자족하는 농촌 마을을 연상시킨다. 반면, 토머스 모어의 유토피아는 여러 도시국가로 이루어진 섬나라로, 무역도 하고 노예도 부리며 식민지도 건설하고 있는 모습이 고대 그리스를 무척 닮았다. 요컨대 무릉도원은 농촌과 농업을, 유토피아는 도시와 상업을 각각 그 배경과 뿌리로 삼고 있다는 점에서 동서문명권 간의 큰 차이를 보이지만, 모든 사람이 행복을 누리는 세상을 지향한다는 점에서 일치한다. 또한 그 행복이 일차적으로 정치권력이 겸손하게 자신의 목소리를 줄이는 데서 나온다는 점도 마찬가지이다.

토머스 모어에 의하면, 기존 국가란 "부자들이 국가라는 미명 아래 자기네 사리사욕을 채우려는 음모에 지나지 않는 것"이고, 법률이란

"부자들이 가난한 자들의 노동과 수고를 되도록 싸게 구입함으로써 그들을 억압할 계획을 수립한 것"에 지나지 않기 때문이다. 무릉도원 역시 그러한 정치권력의 억압이 없음은 물론이거니와 아예 왕세(王稅)조차 없다.

무릉도원은 어부가 그 비밀을 발설하는 순간 다시는 찾아갈 수 없게 되었거니와, 유토피아는 그리스어로 '없다'는 의미의 '유(U)'와 '장소'라는 의미의 '토피아(topia)'를 합쳐 만든 것이어서 애초부터 지상에 존재하지 않았다. 그럼에도 불구하고 그것은 등대처럼 목적지 자체는 아니지만 가야 할 길을 비춰주기에 인류가 꿈꿔 왔던 것이다.

인류가 무엇을 꿈꾸고 있는지를 아랑곳하지 않고 그저 정치를 위한 정치를 열심히 하는 정치인이야말로 국가라는 수레를 엉뚱한 방향으로 몰고 가는 장본인이다. 복지부동하는 정치인 못지않게 동분서주하는 정치인이 때로 더 걱정스러운 이유가 여기에 있다. 하긴 '남원북철'한다고 정치인만을 탓할 일은 아닐 터이지만 말이다.

# 말보다 행함으로 살고 싶을 때

얼마 전에 책 한 권을 내면서 서문에 '행인' 아무개라고 적었다. 고맙게도 서문을 꼼꼼하게 읽어주었던 한 지인이 물었다.

"행인이 자호(自號)인가요? 한자로 어떻게 쓰나요? 무슨 의미인가요?"

"뭐, 호라면 호인 셈이죠. 의미도 물론 나름대로 있습니다만…."

전통 시대에는 호칭에 대하여 각별하게 신경을 썼다. 아이가 태어나면 당연히 명(名)을 짓는데, 이때 항렬이나 사주 등을 꼬치꼬치 따지면서 온갖 정성을 쏟았다. 그럼에도 아이가 성장하면 또 다른 이름인 자(字)를 새로 지어주고 명은 함부로 부르지 않았다. 명과 자는 흔히 의미상 연관되는데, 아버지나 집안의 어른이 지어주기에 당사자의 의사나 선택과는 무관하였다. 반면, 호(號)는 달랐다. 호는 대부분 본인이 모종의 의미를 기탁하여 스스로 지었기 때문이다. 따라서 호에는 주체적 인간으로서 자기 선언 같은 것이 내포되기 마련이었다. 이런 의미에서 자호는 스스로에게 의미를 부여하는 '또 하나의 이름'이라 하겠다.

구양수(歐陽修)는 송나라의 찬란한 문인 문화를 여는 데 결정적인 역할을 한 인물이다. 그 자신이 당대를 대표하는 문장가이자 정치가였을 뿐 아니라 수많은 인재를 발탁하여 육성하였던 것이다. 이 점은 당송(唐宋) 시대 최고 문장가를 지칭하는 당송팔대가(唐宋八大家)의 내막을 잠시 들여다보더라도 쉽게 확인된다. 팔대가는 당나라 문인 2명과 송나라 문인 6명을 가리키는데, 송나라 문인 중 한 명이 자신이요 나머지는 모두 그의 문하생이다. 자신의 입신양명 못지않게 후진 양성에 심혈을 기울였다는 증거이리라. 이러한 그의 삶의 태도는 자호에 고스란히 녹아 있다.

구양수는 성이 구양이고, 명은 수이며, 자는 영숙(永叔)이다. 수(修)와 영(永)은 둘 다 '길다'는 뜻이고, 물론 어르신네로부터 부여받은 것이다. 한편, 그는 흥미로운 자호를 두 개 지었다. 하나는 숫자로 이루어진 육일거사(六一居士)이고, 다른 하나는 '취한 영감'이란 뜻의 취옹(醉翁)이다. 육일거사의 유래에 대해 그는 다음과 같이 밝혔다.

장서가 일(一)만 권, 금석문이 일(一)천 권, 거문고가 하나, 바둑판이 하나, 술병이 하나 있거니와, 이 다섯 하나 사이에 나 늙은이 하나가 끼었으니, 어찌 여섯(六) 하나(一)가 아니겠는가?

장서와 금석문이 문장가 또는 학자의 필수품이라면, 거문고와 바둑판 그리고 술병은 청렴한 선비의 표상일 것이다. 게다가 '거사'라고 못 박고 있으니, 개인적인 부귀공명 따위는 애초부터 관심사가 아님을 선언하고 있다. 취옹이라는 자호는 그가 남긴 명문 〈취옹정기醉翁亭記〉의 다음 문구에서 유래한다.

醉翁之意不在酒　취옹의 뜻은 술에 있지 않나니,
취 옹 지 의 부 재 주

在乎山水之間也　산과 물 사이에 있을 따름이네.
재 호 산 수 지 간 야


　이어지는 문구를 읽어보면 그가 진정 즐긴 것은 산수마저도 넘어서
는 '무엇'이었다. 사람들이 산수를 즐기는 것을 즐거워할 뿐이었다. 다
시 말하자면, 고을 태수로서 백성들이 즐기는 것을 즐거워함에 지나지
않았던 것이다. "취옹지의부재주"라는 말이 일종의 성어처럼 현대 중
국어에서도 즐겨 쓰이는 이유가 바로 여기에 있다. 그렇다면 그가 학문
을 닦고 문장을 다듬었던 이유 역시 불문가지(不問可知)이리라. 아무튼
구양수의 자호인 육일거사와 취옹은 자신의 삶과 이상을 잘 보여주는
'또 하나의 이름'이었음에 틀림없다.

　만약 '또 하나의 이름'에 관한 기네스 기록이 있다면, 당연히 추사(秋
史) 김정희(金正喜)의 몫일 것 같다. 그는 널리 알려진 추사와 완당(阮堂)
외에도 고다노인(苦茶老人), 나가산인(那伽山人), 동국유생(東國儒生), 동해제
일통유(東海第一通儒), 보담재(寶覃齋), 삼십육구주인(三十六鷗主人), 승설노인
(勝雪老人) 등 무려 300개가 넘는 호칭을 사용하였다. 최준호의 《추사,
명호처럼 살다》라는 책에 의하면, "바로 세상과의 소통 수단"이어서
"자신이 말하고 싶은 것이나 호소하고 싶은 것을 토로하고 담아내기"
위하여 그토록 많은 호칭을 만들었다고 한다.

　김정희의 호는 상식적으로 납득하기 어려울 정도로 너무 많아서, 혹
자는 자기 과시욕에서 비롯한 괴벽에 불과하다고 비판한다고 한다. 그
러나 그토록 많은 호는 바로 그가 문인과 서화가 그리고 금석학자로서
국제적인 명성을 날리기까지 치열하게 살아왔던 흔적이라고 나는 여기

44

고 싶다. 김정희에게 '또 하나의 이름'은 '세상과의 소통 수단'이었기보다는 나날이 새로워지겠다는 '자신과의 약속'이었으리라. 그래서 구양수 못지않게 수많은 제자가 그를 따랐을 것이다.

어느 날 불현듯 나 자신을 돌아보았다. 결론은 말만 열심히 하고 살아왔다는 것! 중국문학을 교학(敎學)하며 살아왔다지만, 문학이라는 게 결국 말잔치가 아니던가? 책으로만 보았지 실제 몸으로 겪어본 적이 없다면 공허한 말에 불과할 터이다. 굳이 "행유여력(行有餘力) 즉이학문(則以學文)" 즉 "행하고 남은 힘이 있다면 그것을 갖고 글을 배우라"라는 선인의 말씀이 아니더라도, 인문학이 말에 그쳐서야 되겠느냐는 생각이 들었던 것이다. "그래, 이제 행인이 되기로 하자."

누군가가 말했듯이 "걷는 자는 닿고 행하는 자는 이룬다" 하니, 실행하는 사람인 행인(行人)이 되어보자. 하다못해 아무런 대사 없이 무대를 지나가는 행인(行人)이라도 되어보자.

하여 누군가에게 마음에 와 닿는 작은 도움이라도 줄 수 있다면 진정 행복한 사람, 행인(幸人)이 아니겠는가? 이런 생각에 불쑥 '행인' 아무개라고 서문에 써 넣었던 것이다. 일종의 자호인 셈이다.

인생은 이모작이라는 말을 요즘 자주 듣는다. 성공적인 이모작을 위하여 '또 하나의 이름'을 스스로 지어보면 어떨까? 주체적인 제2의 인생을 선포한다는 의미에서 말이다. 정보화 시대 누구나 갖고 있는 아이디(ID)도 이왕이면 '자신과의 약속'을 담은 그럴싸한 자호라면 금상첨화(錦上添花)가 아닐까 싶다. 그래서 말이지만, 나의 영어 아이디는 'hoister'이다. 누군가 또는 무언가를 들어주겠다는 의미이다.

# 속물적 잇속으로 심미적 태도를 버렸을 때

얼마 전 광주역을 지나가다 문득 의아한 생각이 들었다. 무등산의 국립공원 승격을 축하하는 입간판이 거창하게 서 있는 맞은편에 유해 야생동물인 비둘기에게 먹이를 주지 말자는 현수막이 큼직하게 펄럭거리고 있었던 것이다. 정말 비둘기가 유해한 야생동물일까? 언제부터? 설사 그렇다 하더라도 하필 이때 그것을 강조하는 것일까? 설마 국립공원 무등산을 잘 가꾸기 위해 유해한 야생동물을 몰아내자는 말은 아니겠지. 오비이락(烏飛梨落)이겠지만, 비둘기가 광주를 상징하는 새, 다시 말해 시조(市鳥)라는 사실을 재론해야 한다는 의견도 제기되고 있다. 불현듯 김광섭 시인의 〈성북동 비둘기〉가 떠올랐다.

성북동 산에 번지가 새로 생기면서
본래 살던 성북동 비둘기만이 번지가 없어졌다

새벽부터 돌 깨는 산울림에 떨다가

가슴에 금이 갔다

아무리 생각해도 무등산의 국립공원 승격과 비둘기 퇴치운동은 엇박자 같아 보인다.

사물을 보는 시각은 원래 다양한 법이다. 예컨대, 이른 봄 매화가 피었다고 하자. 누군가가 이를 보고 장미과의 낙엽소교목이고 원산지는 중국으로 한국·일본·중국 등에 분포한다는 식으로 이야기한다면, 그것은 과학적 시각이다. 누군가가 이를 보고 올해는 꽃이 잘 피었으니 매실 농사가 잘돼 수입이 괜찮을 것이라고 한다면, 그것은 경제적 시각이다. 반면, 누군가가 이를 보고 은은한 향기 암향(暗香)과, 성긴 그림자 소영(疏影)이 한평생을 춥게 살아도 결코 그 향기를 팔아 안락을 추구하지 않는 선비 같다고 말한다면, 그것은 심미적 시각이다.

과학적 혹은 경제적 시각으로 보면, 비둘기는 유해한 동물일지도 모른다. 도심 여기저기에 지저분하게 널려 있는 비둘기의 배설물이 미관을 해칠 뿐만 아니라 가스관을 부식시킬 만큼 독성이 강해 시민의 안전까지 위협하고 있거니와, 특히 배설물과 깃털에서는 뇌수막염과 폐질환을 유발할 수 있는 유해한 병균이 검출되기도 한다고 주장되기 때문이다. 그러나 심미적 각도에서 보면 이야기가 달라진다. 다시 김광섭 시인의 말을 빌리자면, 비둘기는 원래 이런 새였다.

사람을 성자처럼 보고

사람 가까이

사람과 같이 사랑하고

사람과 같이 평화를 즐기던
사랑과 평화의 새

이제 비록 "산도 잃고 사람도 잃고/ 사랑과 평화의 사상까지/ 낳지
못하는 새", 한 마디로 천덕꾸러기가 되었지만, 그 탓은 오로지 인간의
몫이다. 《열자列子》라는 책에 이런 이야기가 나온다.

바닷가에 천진무구한 젊은이가 살고 있었다. 그가 바닷가에 가면 갈매기
가 백 마리씩 무리 지어 날아와서 함께 놀았다. 어느 날 그의 아버지가
한 마리 잡아오라고 했다. 부탁을 받고 젊은이가 바닷가에 나가자 갈매
기는 허공에서 춤을 추며 날 뿐 내려오지 않았다.

사물을 사물 그 자체로 인정하고 교유하려는 자세가 천인합일(天人合一)
의 경지이자 동양적 심미 태도이다.

젊은이가 심미적인 태도를 버리고 속물적인 잇속을 품자 갈매기가
등을 돌렸던 것이다. 비둘기도 무등산도 마찬가지 아니겠는가?
위대한 시인 이백은 천고의 절창 〈경정산에 홀로 앉아(獨坐敬亭山)〉에
서 다음과 같이 읊고 있다.

衆鳥高飛盡      무리 새들 높이 날아 사라지고,
중 조 고 비 진

孤雲獨去閑      조각구름 홀로 한가히 떠가네.
고 운 독 거 한

相看兩不厭      보아도 서로 물리지 않는 것은,
상 간 양 불 염

只有敬亭山　　오로지 경정산이 있을 뿐이라네.
지 유 경 정 산

새가 마음대로 날아왔다 날아가고, 흰 구름이 서둘 일 없이 떠다니는 곳, 무등산! 내가 너를 보고 네가 나를 보아도 언제나 싫증나지 않는 곳, 무등산! 국립공원 무등산은 그런 곳이어야 한다. 그렇게 만들기 위해서는 다른 도시들이 비둘기를 내칠 때 우리는 비둘기가 살 공간을 마련해주어야 한다. 무등산이든 광주천이든 여기저기에 비둘기 공원을 만들어보자. 때론 무용(無用)이 대용(大用)임을 되새기면서. 국립공원을 품은 도시, 아시아문화중심을 꿈꾸는 도시라면, 응당 실용성을 때로는 훌쩍 넘어서 심미적 태도도 견지해야 한다. 그래야 도시가 남다른 품격을 갖추게 된다.

# 껍데기와 알맹이가 공존함을 알았을 때

　　　　　　사월도 알맹이만 남고

껍데기는 가라

껍데기는 가라

동학년 곰나루의,

그 아우성만 살고

껍데기는 가라

그리하여, 다시

껍데기는 가라

　참으로 어처구니없고 청천벽력 같은 참사를 또 당하게 되니, 신동엽 시인의 〈껍데기는 가라〉가 절로 입에서 튀어 나온다. 경제 규모에서 세계 10위권이라고 우쭐대는 나라, 한류(韓流)라는 이름으로 아시아를 넘어 세계로 문화를 전파하는 나라. 게다가 조선산업은 세계 1위라고 자부하던 나라, 이 모든 것이 '세월호 참사' 앞에서는 다 부질없는 껍데기가 아니고 무엇이겠는가?

우리의 속살은 망신창이(滿身瘡痍)다. 2003년 대구 지하철 방화사건(192명 사망), 1995년 삼풍백화점 붕괴(502명 사망), 1995년 대구 지하철 가스 폭발사고(101명 사망), 1994년 성수대교 붕괴(32명), 그리고 1993년 서해훼리호 침몰(292명 사망). 최근 20년 동안에 터졌던 대형 참사들이다. 사고가 발생하던 그 순간은 온 나라가 난리법석이더니만 어느새 잊고 만다. 원래 쉽게 잊어지는 것일까? 아니면 잊고 싶어 하는 걸까? 그 비싼 대가를 그토록 치르고도 달라진 게 별로 없다. 그래서 어이없는 재난을 또 당하고 있다. 아니 재난을 만들어내고 있다고 해도 과언이 아니다. 특히 스무 살도 살아보지 못한 채 스러져간 어린 학생들의 죽음은, 전적으로 불과 20년 전 서해 훼리호 참사를 진지하게 기억하고 반성하지 않은 '어른'들의 잘못이다. 참으로 부끄럽다.

한 달 전쯤 대전 현충원에서 '천안함 용사 4주기 추모식'이 열렸다. 국무총리를 비롯하여 정부부처 장관과 주요 군 인사, 여야 지도부, 일반 시민, 육·해·공군 장병 등 5천여 명이 참석했다. '숭고한 호국혼, 지켜갈 내 조국'이라는 주제로 열린 추모식이기에 당연히 성대하였겠지만, 이런 마음가짐으로 국가적 차원에서 예전 대형 참사를 기억하고 그 희생자를 추모하였다면 오늘의 세월호 참사가 또 있었을까 하는 의문이 든다.

게다가 '용사'라는 호칭도 의문이다. 싸워보지도 못하고 귀신처럼 왔다가 사라진 적에게 격침당했는데, 어찌 '용사'란 말인가? 46명의 희생을 낮잡자는 것이 아니다. '용사'라는 이름 하나 내걸어주고서, 정확한 책임 추궁도 진지한 반성도 없이 어물쩍 넘어가는 작태를 지적하고

자 하는 것이다.

　어떠한 구호도 이념도 국민의 안전과 행복을 보장하지 못한다면 그것
은 껍데기에 불과하다.

　현 정부는 기존 행정'안전'부를 애써 '안전'행정부로 개칭할 정도로
국민의 안전을 최우선 과제로 삼지 않았던가? 우리가 진정 기억해야
할 것을 기억하고 있는지 돌이켜볼 때이다.

　사고 후 세월호의 선장과 선원이 보여준 행짜는 모두를 정신적 공황
상태에 빠지게 하였다. 그들은 지탄받아 마땅하지만, 이 차제에 간과해
서는 안 될 일이 하나 더 있는 듯하다. 선장과 선원 뒤에는 그들을 부
당하게 부려먹는 부도덕하고 탐욕스런 자본가가 있고, 그 자본가 배후
에는 그를 엄호해주는 유관조직이 있으며, 그 조직 뒤에는 그것을 비호
하는 정부기관이 있다는 사실이 들려온다. 자본가와 정치 관료만 살찌
우는 경제와 정치 시스템이라면, 그것이야말로 버려야 할 껍데기인 것
이다. 민초(民草)들에게 상대적 박탈감과 상처만 주는 '쇠붙이'이기 때문
이다.

　반면, 선장과 선원이 버린 배를 결코 떠나지 않았던 사람도 있었다
는 사실을 잊어서는 안 된다. 마치 구한말 매국당한 조국을 찾기 위해
분연히 일어선 의병들처럼! 살신성인을 실천한 승무원, 구명동의를 친
구에게 양보한 학생, 제자를 끝까지 지킨 선생님, 그리고 이들과 온몸
으로 함께한 수많은 국민들, 우리는 그들의 고귀하고 소중한 마음을 기
억해야 한다. 이들 민초들의 향기로운 '흙가슴'이야말로 이 시대 우리
가 지켜야 할 알맹이이기 때문이다.

제발 이번 참사만은 진지하게 기억하고 반성하자. 희생자를 두고두고 추모하고 그 가족을 보듬고 가자. "우리 사회 심각한 안전 불감증", "성숙한 시민 의식 요구", "지나친 자책은 금물" 운운하며 본질을 호도하는 요설(饒舌)일랑 하지 말자. 이제야말로 진정으로 껍데기는 버리고 알맹이만 챙기자. 향기로운 민초들의 '흙가슴'만 남고, 저 차가운 '쇠붙이'는 가라는 시인의 외침에 귀 기울여보자. 이 시대 '어른'이 어른다워질 수 있는 마지막 기회이다.

이곳에선, 두 가슴과 그곳까지 내논
아사달과 아사녀가
중립의 초례청 앞에 서서
부끄럼 빛내며
맞절할지니
껍데기는 가라
한라에서 백두까지
향그러운 흙가슴만 남고
그, 모오든 쇠붙이는 가라

이른 봄, 메마른 가지에 피어나는 꽃들은 기적인
양 찬란하다. 개나리·진달래·벚꽃·백목련·앵두·매화…. 잎도 없
는 앙상한 가지에 어쩌면 저토록 눈부시게 피어나는지! 하지만 봄꽃은
또한 처연하다. 너무나 빨리 속절없이 떨어져버리기 때문이다. 더군다
나 때 아닌 비바람이라도 몰아친다면…. 한 순간에 간 데 없이 사라지
고 마는 봄꽃은 허망을 넘어 절망마저 느끼게 한다. 그래서 그토록 많
은 시인묵객이 눈물바람을 하였으리라.

청나라 말기 저명한 문학가이자 사상가인 공자진(龔自珍: 1792~1841)
은 봄꽃을 보는 시각이 남달랐다.

落紅不是無情物　　떨어진 붉은 꽃 무정한 물건 아니니,
낙 홍 불 시 무 정 물

化作春泥更護花　　봄 진흙 되어 새 꽃 다시 감싸는 것을.
화 작 춘 니 갱 호 화

〈기해잡시己亥雜詩〉라는 제목의 절구(絶句) 중 3, 4구이다. 여기서 '봄 진흙'은 비바람에 떨어져 진탕으로 변해버린 꽃잎을 가리킨다. 그 진흙은 다음 해 필 꽃들의 자양이기에 꽃잎이 떨어진다고 슬퍼하지 않는다. 공자진은 거름이 되어 다시 찬란한 기적을 일으킬 거라고 믿는 것이다.

오는 해를 기다릴 필요도 없다. 꽃잎이 떨어진 자리에는 어김없이 싱그러운 잎이 자라나는 법.

녹음방초승화시(綠陰芳草勝華時)라 하지 않았던가. 신록과 방초가 꽃보다 좋은 때가 도래하거니와 이들 또한 '봄 진흙' 즉 '꽃 거름'이 가져다준 선물인 셈이다. 도연명은 이때의 환희를 이렇게 읊었다.

孟夏草木長　　초여름 초목이 자라나니,
맹 하 초 목 장

繞屋樹扶疏　　집 둘레 나무들 무성하구나.
요 옥 수 부 소

衆鳥欣有託　　온갖 새들 몸 둘 곳 생겨 기뻐하니,
중 조 흔 유 탁

吾亦愛吾廬　　나도 덩달아 내 오두막 사랑하노라.
오 역 애 오 려

〈산해경을 읽으며(讀山海經)〉의 시작 부분이다. 득시(得時)하여 가지와 잎을 무성하게 피워내는 나무들, 그 나무들 덕분에 몸을 맡길 곳이 생겼다고 좋아하는 갖가지 새들, 그것들의 기쁨이 바로 자신의 기쁨이어서 시인은 덩달아 자신의 오두막이 마냥 사랑스럽다고 한다. 대자연의 숨결에 몸을 맡겼던 전원시인 도연명의 진면목이 고스란히 묻어나온다. 그의 행복의 원천은 바로 공감(共感)이었던 것이다. 초목과 새가 그토록 사랑스러우니 오두막 속 인간이야 더 말할 나위 있겠는가.

세월호 참사가 일어난 지 어느덧 1년이 지나간다. 난데없는 '비바람'에 무참히 스러진 '꽃잎'들, 이제는 '봄 진흙'이 되었을까? "잊지 않겠습니다"라는 처연한 목소리가 여전히 들려오고 있으니 시기상조인가 보다. '꽃잎'이 떨어진 그 자리에 언제쯤 '신록'이 피어날까? 아니 피어나기나 할까? '사회적 피로' 운운하며 "이제 그만 좀 하자"라고 빈정대는 사람마저 있다고 하니 걱정이다. 심지어 일각에서는 유가족에 대한 배상 액수를 두고 왈가왈부하거나 침몰한 배를 인양하려면 천문학적 경비가 든다고 떠들어댄다. 또 돈타령이다. 낡은 선박의 증개축, 화물의 과적, 자격미달의 선장, 구조 업체 선정의 지연 등 '교통사고'로 출발해서 '참사'로 마감되기까지 도처에 돈이라는 유령이 어슬렁대고 있었는데도 말이다.

이제 우리가 할 것은 하나뿐이다. 꽃잎이 떨어진 자리에 '신록'이 자라나게 할 일이다. 그러기 위해서는 우리 사회의 적폐(積弊)를 똑바로 보는 용기와 아픈 자의 상처를 감싸는 공감이 절실하다는 사실을 모두가 잊지 않았으면 좋겠다.

초여름 초목이 자라나니,
집 둘레 나무들 무성하구나.
온갖 새들 몸 둘 곳 생겨 기뻐하니,
나도 덩달아 내 오두막 사랑하노라.

夏 …

여름에 생각하다

山居夏日
산 거 하 일

산 속 여름

—高駢(고변)

綠樹陰濃夏日長
녹 수 음 농 하 일 장

푸른 나무 짙은 그늘 기나긴 여름날,

樓臺倒影入池塘
루 대 도 영 입 지 당

누대 그림자 거꾸로 연못에 들어섰네.

水晶簾動微風起
수 정 렴 동 미 풍 기

수정 주렴 출렁대며 살랑 바람 이니,

滿架薔薇一院香
만 가 장 미 일 원 향

시렁 가득 장미꽃에 온 뜰 향기롭네.

# 여름 더위에 숨 쉬기조차 힘들 때

올 여름은 유난히 덥다. 동아시아가 온통 난리다. 선진국을 자처하는 일본도 폭염으로 수많은 사람이 목숨을 잃었고, 중국도 연일 40도를 훌쩍 넘는 도시가 속출하고 있다. 하지만 가장 열 받는 곳은 우리나라일 듯하다. 왜냐하면 전력난으로 문명의 이기조차 마음 편하게 쓸 수 없기 때문이다. 전력난이 어디 한두 해 일이었던가. 게다가 올해는 원전 비리까지 겹쳐 일촉즉발의 위기라고 한다. 읍소(泣訴)인지 협박인지 정부는 에너지 절약을 외쳐댄다. 에너지야 당연히 아껴야 하겠지만…. 실내 온도 28도 이상, 에어컨 5분 작동 후 자동 정지, 이것이 요즘 공공건물의 상황이다. 덥다! 더워. 심지어 건물을 번갈아 가면서 조명까지 차단하기도 한다. 정말 왕짜증이다!

명석을 깔아주면 하던 짓도 하기 싫은 법. 공사 구별 모르는 원전 비리 관련자, 무기력하게 국민의 애국심에 하소연하고 있는 정부, 이런 저런 것을 생각하노라면 에너지 절약을 하고 싶은 생각이 싹 가신다.

그래 뭔가 보여주자. 구차하게 눈치 보는 짓도 고분고분 따르는 짓도 하지 말고, 이참에 아예 에어컨 따위는 던져버리는 것이다.

아내가 풀 먹여 고슬고슬하게 해준 모시옷으로 갈아입고 버텨보기로 했다. 책도 보고 글도 쓰다 보니 생각보다는 견딜 만했다. 솔솔 재미마저 생기는데, 이거야말로 조선 중기 문신인 윤증(1629~1714)이 〈더위(署)〉에서 노래한 것이 아니겠는가?

雲逗天邊樹不風　구름 하늘가 머물고 나무는 바람 없네,
운두천변수불풍

誰能脫此大爐中　이 거대한 화로 속을 뉘라서 벗어날까.
수능탈차대로중

秋菰水玉全無術　특별 음식 별난 기구 다 별수 없더니,
추고수옥전무술

靜坐看書却有功　정좌 독서가 도리어 쓸모 있을 줄이야.
정좌간서각유공

옛 시를 들춰보면 심심치 않게 〈고열苦熱〉이라는 제목이 눈에 띈다. '더위 고생'은 예나 지금이나 마찬가지다. 다만 마음가짐은 다소 달랐던 것 같다. 송나라 시인 왕령(王令, 1032~1059)은 더위 앞에 당당한 모습을 〈서한고열暑旱苦热〉이란 시로 보여준다.

清风无力屠得热　맑은 바람도 무더위 없애버릴 힘이 없고,
청풍무력도득열

落日着翅飞上山　지던 해도 날개 달고 산 위로 날아오르네.
낙일착시비상산

人固已懼江海竭　사람들 강 바다 밭을까 이미 두려워하거늘,
인고이구강해갈

天岂不惜河汉乾　하늘도 은하수 마를까 어찌 아니 애석하랴.
천기불석하한건

昆仑之高有积雪　곤륜산 높은 곳엔 만년설 있거니와,
곤륜지고유적설

| 蓬萊之遠常遺寒<br>봉 래 지 원 상 유 한 | 봉래산 먼 곳엔 늘 서늘함 준다더라. |
| 不能手提天下往<br>불 능 수 제 천 하 왕 | 온 천하의 사람 손잡고 갈 수 없다면, |
| 何忍身去游其間<br>하 인 신 거 유 기 간 | 어이 차마 떠나 그곳 노닐 수 있으랴. |

그래, 올해는 따로 피서 같은 것은 없는 거야. 더위를 무시하고 점심 식사 뒤에는 산책을 나갔다. 가로수 아래를 걷노라니 은행나무에 은행이 주렁주렁, 그 고얀 냄새를 금방이라도 떨어뜨릴 기세였다. 논두렁을 걷노라니 어느새 벼가 고개를 넉넉히 숙이고 있었다. 어! 무슨 냄새지? 구수한 냄새가 나는 것이었다. 쌀이 여물어 가고 있었다.

아! 그렇지! 여름은 여물어 가는 계절이지. 과실과 곡식이 여물어 가는 계절, 그 에너지가 바로 더위였지.

〈용비어천가〉에서 뿌리 깊은 나무는 꽃이 좋고 여름이 많다고 할 때 여름이 열매이듯이, 만물을 여물게 하는 것이 바로 여름의 더위였지. 노자는 이를 일러 '독지(毒之)'라 하였거니와, 독하게 만든다, 즉 야물고 여물게 한다는 뜻이었지.

오랜 만에 만난 친구들은 내가 살을 많이 뺐다고 한다. 나는 살을 빼려고 한 적이 없고, 다만 더위와 친하게 지냈을 뿐이었거늘. 내심 살짝 서운하다. 야물고 '독'해진 것은 보지 않고 무슨 살타령? 정말 올 여름은 누군가의 덕분에 독해진 느낌이 든다. 머잖아 가을이 온다. 가을에는 그러나 더 이상 독해질 일이 없었으면 좋겠다.

# 전쟁과 평화에 대해 생각할 때

"이제부터는 오늘을 내 생일로 삼아다오."

어느 해 6월 25일, 아버지께서 불쑥 하신 말씀이다. 한국전쟁 발발일이 당신의 진짜 생일보다 더 중요하다는 의미였으리라.

어릴 적 우리 집은 일기예보가 따로 필요하지 않았다. 날이 궂어지고 곧 비라도 내리려고 할 때면 어김없이 아버지께서 자식들을 불러 팔다리를 주무르게 하셨기 때문이다. 그것은 라디오의 일기예보보다 훨씬 정확했다. 아버지 몸에는 여기저기 상흔이 남아 있었는데, 그중에서도 관통상을 입어 철판 조각을 댔다는 한쪽 다리가 첨단기기인 양 반응을 보여주었던 것이다.

아버지는 눈을 감고 몸을 맡긴 채 무용담을 늘어놓으셨다. 압록강 물을 길러 마시던 감격, 중공군의 인해전술에 밀려 후퇴하던 고난, 미군들과 손짓 발짓 대화를 주고받던 경험 등등. 모두 흥미진진한 한 편의 영화 장면이었다. 이처럼 아버지는 우리의 영웅이었고, 6·25는 북

괴의 침략을 물리친 영웅들의 무대였다.

나이가 들면서 우리 자식들은 아버지의 무용담에 대해 점점 시들해졌다. 급기야 치산(治産)에 실패하고 고향을 떠나 인천의 어느 달동네에서 가족의 생계를 위해 몸부림치실 때, 아버지의 아픈 다리는 아예 언급하고 싶은 일종의 금기(禁忌)가 되고 말았다. 변변치 못한 학력으로 별 연고도 없는 타지에서 아버지가 할 수 있는 일은 고작 연탄 배달 같은 막노동뿐이었다. 아픈 다리로 지게 가득 연탄을 지고 비탈길을 오르내리시는 모습을 볼라치면 나는 차마 등교를 하지 못했다.

"제가 오늘은 마침 오전 수업이 없으니 좀 도와드리겠습니다."

이렇게 늘 둘러대다 보니 나의 대학 생활 대부분은 오후반으로 보내야 했다. 아무튼 우리들에게 아버지의 아픈 다리는 더 이상 무용담의 상징이 아니라 외면하고 싶은 쓰라린 현실이었다. 그래서인지 어느 순간부터 아버지께서는 아무리 날씨가 궂어도 다리를 주물라는 말씀을 하지 않으셨다. 술 한 잔 마신 뒤 끙끙 앓으며 잠을 청하실 따름이었다. 그렇게 나의 대학 학창 생활은 지나갔다.

일찍이 노자(老子)는 전쟁의 반(反)대중성을 간파하였기에, "전쟁의 승리를 찬미한다면, 이는 사람 죽이기를 좋아함이다"라고 했다. 또한 대중적 사상가인 묵자(墨子)는 전쟁의 본질이 통치 계급이 남을 해쳐 자신의 이익을 도모하는 짓임을 지적한 뒤 이렇게 개탄한 바 있다.

한 사람을 죽이면 한 사람을 죽인 벌을 받아야 한다. 열 사람을 죽이면 열 사람을 죽인 벌을 받아야 한다. 백 사람을 죽이면 백 사람을 죽인 벌을 받아야 한다. 그런데 한 나라를 공격하면 이를 정의라 하고 불의인 줄을 모른다.

전쟁은 결코 민초(民草)를 위한 것이 아니지만, 아버지의 아픈 다리처럼 그 생채기는 언제나 민초의 몫으로 돌아간다는 사실을 선현들은 꿰뚫어보았던 것이다.

한국전쟁은 남북한 분단에서 기인하고, 그 분단의 출발은 일제의 강점과 침략 전쟁에서 비롯되었다는 것은 모두가 다 아는 사실이다. 이런 의미에서 일본의 책임도 막중하건만, 마치 이를 비웃기나 하는 것처럼 제2차 세계대전의 전범국인 일본은 한국전쟁을 빌미로 도리어 경제와 안보 면에서 막대한 혜택을 받았다. 예컨대, 도산 위기에 처해 있던 도요타는 미국의 군용 트럭 주문을 기반으로 세계적인 기업으로 부각하였고, 일본의 전쟁 재발을 막기 위해 억제하던 선박 제조 역시 한국전쟁을 계기로 하여 급성장한 결과 세계 선박 생산의 26퍼센트를 차지하는 조선대국으로 급부상하였다. 또한 한국전쟁 기간 일본은 미국과 평화조약을 유리하게 체결하는 한편, 미군을 통한 안보정책을 확립하였던 것이다.

어디 일본뿐이랴. 미국과 소련은 한국전쟁을 계기로 냉전 시대의 양대 괴수로 그 위상을 확고히 하였고, 중국은 체재 안정과 더불어 국제적 발언권을 높이지 않았던가. 다만 우리 민족만이 동족상잔의 비극으로 만신창이가 되었거니와 그 비극이 재현될 가능성이 여전히 남아 있지 않는가!

이런저런 이유로 '아버지의 6·25'는 한동안 잊혀졌다. 아니 애써 외면하려고 노력하였던 것 같다. 2002년 아버지는 김대중 정부로부터 화랑무공훈장을 받으셨다. 그때 아버지는 말씀하셨다.

"이제부터는 6·25를 내 생일로 삼아다오."

우리 자식들은 당신의 아픈 다리를 다시 주목하기 시작하였다. 그런데 2년도 채 못 되어서 아버지는 돌아가시고 말았다. 약관의 나이에 한국전쟁에 참전하고 그 상흔을 평생 안고 사셨던 아버지. 살아계신다면 올해 85세가 되셨을 것이다. 우리 사회는 정말로 머잖아 '아버지의 6·25'는 뒤로 하고, 미래 지향적으로 '우리의 6·25'를 이야기해야 할 것이다. 하지만 그토록 당신 인생의 전부로 생각했던 6·25를 당신의 생신으로 쇠어드리지 못한 것이 못내 서글프기만 하다.

# 텃밭 가꾸기의 의미를 알고 싶을 때

한 지붕 두 가족 같지만, 조조(曹操)와 유비(劉備) 사이에는 보이지 않는 팽팽한 긴장감이 늘 감돌고 있었다. 당시 조조는 황제마저도 좌지우지하는 승상(丞相) 이상의 권좌에 있었고, 유비는 여포(呂布)에게 일격을 당하고 조조에게 몸을 맡기고 있는 신세였음에도 불구하고 조조로서는 한시라도 감시의 눈길을 늦출 수 없었다. 유비가 폭넓게 대중의 지지를 받고 있는데다가 황제를 알현한 뒤 황제와 숙질(叔姪) 관계임을 인정받아 황숙(皇叔: 황제의 숙부)이라는 호칭을 얻었기 때문이다. 그래서인지 참모들은 하루가 멀다고 이참에 유비를 제거하여 후환을 없애자고 성화였다.

승상 관저 가까이에 기숙하게 된 유비는 매일 텃밭에 물을 주며 푸성귀 가꾸는 일을 배우고 있었다. 다혈질인 두 동생, 관우(關羽)와 장비(張飛)가 불만을 터뜨렸다.

"천하 대사에는 마음을 쓰지 않고 소인배의 일이나 배우다니, 왜입니까?"

유비가 서둘러 아우들의 입을 막았다.

"이 일은 아우님들이 알 바 아니네."

'이 일'이 바로 학포(學圃)이다. 텃밭일(圃)을 배운다(學)는 의미의 이 말은 《논어》에 나온다. 제자 번지(樊遲)가 '학포'에 대해 묻자, 공자는 대답 대신에 그의 뒤통수에 대고 '소인배'라고 핀잔을 주었다. 그리고 "예(禮)와 의(義) 그리고 신(信)을 좋아하다 보면 천하 인심이 귀의하는 법인데, 무슨 농사 타령이냐"고 덧붙였다. 유비는 이 일화를 이용하여 자신이 천하지사(天下之事)에 관심이 없음을, 다시 말해 조조와 천하를 다툴 의사가 없음을 보여주려고 하였던 것이다.

그러던 어느 날 조조가 유비를 불렀다. 새로 빚은 술이 마침 익었으니 함께 마시자는 그럴싸한 구실이었다. 술이 자못 얼큰 하자 조조가 넌지시 물었다.

"당세의 영웅은 누군가요?"

"제가 어찌 알겠습니까?"

"그러지 마시고 말씀해 보세요."

"원술(袁術)인가요?"

"아니죠."

이어 원소(袁紹)·유표(劉表)·손책(孫策) 등을 거명하지만, 조조는 모두 고개를 흔들더니 손가락으로 유비를 가리키고 다시 자신을 가리키며 말했다.

"지금 세상에 영웅은 그대와 나뿐이죠."

그때 천둥이 쳤다. 유비가 들고 있던 젓가락을 바닥에 떨어뜨렸다.

"애구머니나! 깜짝이야."

조조는 빙긋이 웃었다.

"천둥 따위를 무서워하다니…."

이후 조조의 감시망은 느슨해졌고, 유비는 드디어 넓은 세상으로 다시 나오게 되었다.

돌아가신 아버지는 유별날 정도로 텃밭 가꾸기를 좋아하셨다. 마치 당신이 학포(學圃) 양팽손(梁彭孫)의 후손임을 애써 증명하려는 듯이 말이다. 작은 마당이라도 있는 집에 운 좋게 살 때는 말할 나위 없거니와, 설사 대도시의 공동주택에 살더라도 동네방네 돌아다니며 기어이 빈터를 찾아 갖가지 채소를 심고서 지극정성으로 가꾸곤 하셨다. 요즘 유행하는 말로 말하자면, 아버지야말로 진정한 '도시농부'이셨다. 한 아름 채소를 안고 돌아오시는 아버지를 맞으며 가족들은 투덜대기 일쑤였다.

"왜 사서 고생하세요? 그까짓 것 몇 푼이나 나간다고."

"그래도 이게 어디냐? 땅을 파 봐라, 동전 한 개 나오나."

장가를 잘 간 덕분인지, 조상이 돌봐주신 탓인지, 나는 마당이 제법 있는 단독주택에 사는 행운을 누리고 있다. 언제부턴가 아마도 반백을 훌쩍 넘기면서라고 기억되지만, 아버지 못지않게 나도 채소 가꾸기에 푹 빠져 있다. 넓지 않는 마당을 두고 꽃을 더 많이 심고자 하는 아내와 실랑이까지 벌이면서, 나는 상추·고추·오이·배추·깻잎·토마토를 심고 있다.

땅의 힘은 생각보다는 크다. 손바닥 정도인 땅에 겨우 서너 그루를 심은 것에 불과하지만, 그 수확은 식구 서넛이 다 먹을 수 없을 정도이니 말이다. 너무나 고맙고 신기하다. 땅의 힘이 이렇게 큰 줄은 미처 몰랐던 것이다. 간혹 물을 주거나 풀을 뽑아줄 뿐 대부분 내버려두었는데, 햇빛과 바람과 비가 알아서 키워준다. 그러니 내가 키우는 게 아니라 절로 크고 있는 셈이다. 아니 원래 시간이 키우는 것인지도 모른다. 더디 자란다고 살짝 싫증을 낼 때면 어느새 그 시간만큼 자라나 있다.

요즘 나는 텃밭에 서서 유비와 아버지를 새삼 떠올리고 있다. 이제는 알 것 같다. 유비의 학포가 단순한 위장에 그치지 않았다는 사실을. 또 아버지의 도시농부가 그저 몇 푼을 아끼고자 함이 아니었다는 사실을.

꼭 필요한 만큼의 관심을 주고서 그저 기다리면 '저절로' 자라나 주는 푸성귀들! 유비가 공자의 지적을 되새기며 여기서 치국평천하(治國平天下)의 비법을 찾았다면, 아버지는 수신제가(修身齊家)를 꿈꾸셨으리라. 아버지는 남달리 급한 성품이었지만, 자식들에겐 늘 느긋하셨다. 마치 채소를 가꾸듯이 지켜보셨던 것이다.

그럼 나는? 교육이란 학생을 가르치는 것이 아니라 스스로 성장하도록 해주는 것. 이 정도를 일깨우면 족하지 않을까? 사실 거창한 이유를 굳이 따로 찾을 필요가 없다. 그냥 텃밭 일이 즐겁고 행복하기 때문이다. 게다가 막 따온 오이고추가 아삭아삭 맛있고, 갓 담은 깻잎 겉절이가 향기롭다고 가족들이 좋아하니 금상첨화이다.

# 편리함에 묻혀 인간적 도리를 잃어갈 때

무작정 차를 몰고 야외로 나갔지만, 참 잘한 일이었다. 무엇보다도 탁 트인 들판이 좋았다. 눈앞이 다 시원해졌다. 차를 세우고 농로를 걸었다. 한창 모내기철이라 물을 가두기 시작한 논도 있고, 모내기를 마친 논도 있었다. 기계로 모내기를 하였는지 어린 벼들이 마치 자로 잰 듯 반듯반듯하게 서 있었다. 문득 《장자莊子》·〈천지天地〉편에 나오는 한음장인 우화가 생각나 혼자 빙그레 웃었다.

공자의 수제자인 자공(子貢)이 한수의 남쪽(漢陰)을 지나가다 농사일에 몰두하고 있는 한 노인장(丈人)을 만났다. 노인장이 굴을 파서 우물에 들어가더니 항아리로 물을 담아다가 밭에 붓고 있었다. 죽으라고 고생만 할 따름이지 성과는 참으로 보잘것없었다. 이를 딱하게 여긴 나머지 자공이 제안을 하였다.

"영감님, 여기에 기계가 있는데 한 번 써보지 않으시겠습니까?"

"무슨 기계 말이요?"

"나무로 만든 지렛대인데, 앞은 가볍고 뒤는 무거워 물을 푸기에 안성맞춤이지요. 이를 방아두레박(橰: 고)이라 합니다만."

노인장은 순간 얼굴을 붉혔다가 다시 미소를 지으며 말했다.

"나는 나의 선생님으로부터 다음과 같이 들었소. 기계(機械)가 있으면 기사(機事)가 있게 되고, 기사가 있으면 기심(機心)이 있게 되는 법. 마음에 기심이 생기면 순백(純白)을 잃게 되고, 순백을 잃으면 정신이 흔들리게 되는데, 이런 사람은 도(道)가 외면한다고 말이요. 나도 그런 기계를 모르는 바가 아니요만, 부끄러워서 차마 쓰지 않는 게요."

이 말에 자공은 부끄러워 고개를 숙였다.

이어서 "제 몸 하나 제대로 다스리지 못하는 주제에 무슨 여가에 천하를 다스리겠다고 하느냐?"라는 노인장의 꾸지람마저 듣지만 자공은 속수무책으로 당할 뿐이었다. 낯이 달아오른 채 30리를 도망치듯이 허겁지겁 가서야 비로소 마음이 가라앉았다. 그 연유를 묻는 제자들에게 마침내 자공은 다음과 같이 털어놓았다.

"애초 천하에 공자 한 분만이 계신 줄 알아왔는데, 이런 분이 계시는 줄 몰랐다. 힘은 적게 들면서 성과는 크게 거두는 것이 바로 성인의 도라고 말씀하셨지만, 이제 보니 그렇지가 않구나. 도를 꽉 잡으면 덕이 온전해지고, 덕이 온전하면 형체가 온전해지고, 형체가 온전하면 정신이 온전해지는 법, 이것이야 말로 성인의 도이었구나."

한음장인은 이처럼 공자의 수제자를 단번에 자신의 사도(使徒)로 만들어버렸다. 물론 장자가 만들어낸 허구일 터이지만. 관개수로 덕분에 저절로 흘러들어오는 물, 그리고 이앙기 덕분에 자로 잰 듯 가지런한 모. 한음장인이 이를 보았다면 어떤 반응을 보였을까?

"기사(機事)로 우쭐대는 꼴을 보라니까. 힘은 적게 들이고 큰 성과를 냈다고? 그러니 기심(機心)이 넘쳐 도가 사라지고 세상이 말세가 될 수밖에."

이렇듯 여전히 억지(?) 소리를 해댔으리라. 주지하듯이 동양 전통 사회에는 과학과 기술을 홀시(忽視)하는 잘못된 인식이 널리 퍼져 있었다. 여기에 한몫 단단히 한 사람이 한음장인이기에 나는 그를 좋아하기보다는 미워하는 편이다. 물론 한음장인도 다음과 같이 반문할 것이다.

"그래, 선진 기술과 첨단 기계가 넘쳐난다고 너희들이 나보다 더 잘산다고 장담할 수 있어?"

KTX의 개통으로 전국이 하루 생활권으로 좁혀졌다. 그렇다고 찾아뵈어야 할 분을 더 자주 찾아뵙고 있는 것 같지는 않다. 똑똑한 스마트폰 덕분에 순식간에 많은 사람과 소식을 주고받고 있다. 그렇다고 그만큼 더 마음을 열고 소통하고 있는 것 같지도 않다.

모처럼 온가족이 함께하는 외식 자리, 모두들 스마트폰만 들여다보고 있는 모습을 떠올리면, 편리라는 기심(機心)에 묻혀 정작 순박한 인간의 도리는 잃고 있다는 걱정이 절로 든다.

이러저런 생각을 하며 걷다 보니 강둑이 나타났다. 강둑길로 차를 몰고 올라갔다. 그리 넓지 않지만 길은 매끈하게 잘 닦여 있었다. 한가로웠다. 드라이브하기에 안성맞춤이었지만 무언가 이상했다. 차는 없고 자전거들이 줄을 잇고 있는 것이었다. 얼마쯤 가다 보니 안내판이 하나 보였다. 영산강 '자전거' 길!

"아뿔싸! 이 일을 어쩌면 좋지."

어디선가 한음장인이 뛰쳐나와 호통 치실 것 같았다.

"이런 무식한 놈, 아무 데나 차를 몰고 다녀!"

서둘러 강둑길을 벗어나 농로로 내려오면서 중얼거렸다.

"그래도 좋았어. 모처럼 교외로 나온 것이. 하지만 다음엔 자전거로 강둑길을 달려봐야지."

# 리더십의 부재가 안타까울 때

올 여름 무더위의 뒷자락 내내 나의 화두는 장군이었다. 공전의 대히트를 치고 있는 영화 〈명량〉 때문만은 아니다. 지난해 건군사상 처음으로 병사들과 똑같은 한 평짜리 사병 묘역에 묻힌 채명신 장군을 잊지 않고 있었던 것이다. 그때의 신선한 충격을 영화 〈명량〉이 다시 일깨워주었을 뿐이다.

그래서 나는 영화를 관람하기 전에 먼저 서울 동작동 국립묘지를 찾았고, 또 한때 풍미하였던 김훈 선생의 소설 《칼의 노래》를 읽었다. 《칼의 노래》에서 장군은 칼로 베어지지 않는 적들 속에서 한없는 고뇌와 쓸쓸함에 싸여 있는 데 반하여, 〈명량〉의 장군은 목숨을 건 치열한 싸움에서 한 치도 흔들리지 않는 강력한 카리스마를 보여주고 있었다. 사뭇 다른 모습이지만, 어느 것이 참이냐는 나의 관심사가 아니었다. 절대적 열세인 명량해전을 승리로 이끌었던 장군의 리더십의 근원을 찾는 일이 나의 관심사일 따름이었다.

《난중일기》를 차분히 읽어보기로 하였다. 일기 속의 장군 이순신은 초인간적 능력을 부여받은 '성웅(聖雄)'이 전혀 아니었다. 어머니와 가족을 그리워하는 모습이라든지, 자주 아프고 이런저런 근심걱정에 잠 못 이루는 모습은 우리 주위에서 흔히 볼 수 있는 범인과 크게 다를 게 없었다. 다만 두드러진 점이 있다면, 백성을 대하는 그의 따뜻한 마음이었다. "아침에 종들이 고을 사람들의 밥을 얻어먹었다 하기에 매 때리고 밥쌀을 도로 갚아주었다(정유 6월 초3일)" 할 정도로 백성을 생각하였다. 피난민들은 장군을 만나자 "사또가 다시 오셨으니 이제 우리가 살았다(정유 8월 초6일)"라 하고, 낙안에 이르자 "늙은이들이 길가에 늘어서서 다투어 술병을 가져다 바치는데 받지 않으면 울면서 강권하였다(정유 8월 초9일)." 무관이라기보다는 차라리 정겨운 이웃이나 자상한 문관을 떠올리게 한다. 그런데 바로 이런 점이 장군 리더십의 원동력이 아니었을까?

《난중일기》에 가장 많이 나오는 기록은 '활쏘기'와 '이야기'이다. 날씨가 나쁘거나 몸이 아파서 활을 쏘지 못했다는 기록이 있을 정도이니 그는 거의 매일 활을 쏘았던 셈이다. 때로는 혼자 쏘기도 하였지만 대부분 여러 사람과 함께 쏘았다. 예컨대, "순천 우조방장과 우수사 우후, 발포 만호, 여도 만호, 강진 현감들이 함께 와서 활을 쏘았다(갑오 2월 15일)"라 하는데, 이때 활쏘기는 전투력 향상을 위한 것이자 소통을 위한 자리였다.

'활쏘기'와 마찬가지로 '이야기'도 하루가 멀다 하고 지속되었다. 명량해전 직전만 보더라도 "초저녁에 이동지와 진주 목사와 소촌 찰방인 이시경이 와서 밤에 이야기하다가 자정이 지나서 돌아갔다. 모두 응전 대책을 의논하는 것이었다"(정유 7월 28일)라고 하고, "늦게 이태수, 조신

옥, 홍대방이 보러 와서, 적 토벌할 일을 이야기하였다. 송대흡, 장득홍도 왔다. 장득홍은 자비로 복무한다기에 양식 두 말을 내주었다"(정유 7월 13일)라고 적고 있는 것처럼.

'이야기'는 물론 대부분 전쟁에 관한 것이지만, 때로는 장수와 병사들을 위로하고 사기를 돋우는 자리이기도 하였다. 병신 5월 초5일의 일기는 다음과 같이 적고 있다. "여러 장수들이 모여 의례를 행하고 그대로 들어가 앉아 위로하는 술잔을 네 순배 돌렸다. 술이 얼큰 하자… 씨름판을 벌였다. 밤이 깊도록 즐겁게 뛰놀도록 하였는데 그것은 내 스스로 즐기자는 것이 아니라 다만 오랫동안 고생하는 장수들의 수고를 풀어주자는 생각에서였다." 명량해전 승리 뒤 이순신은 "이것은 실로 천행(天幸)이었다(정유 9월 16일)"라고 겸허히 적고 있지만, 그것이 어찌 단순한 천행이었겠는가? 따뜻한 가슴에서 우러나오는 소통의 리더십 덕분이었음에 틀림없다.

천하장사 항우(項羽)와 천하를 다투었던 유방(劉邦)이 생각났다. 가난한 농부의 아들이었던 유방은 명장 가문 출신의 항우와 그 출발점이 달랐기에 시종일관 열세에 몰렸다. 그럼에도 결국 항우를 사면초가(四面楚歌)로 내몰아 자결하게 만들었다. 황제에 등극한 유방은 다음과 같이 창업(創業)의 비결을 되짚어냈다.

나는 군막 안에서 작전을 짜서 천 리 밖에서 승리를 하는 것은 장량(張良)에 비할 바가 아니고, 나라를 지키고 백성을 다스리며 양식을 공급하고 보급로를 확보하는 데는 소하(蕭何)에 비할 바가 아니며, 백만 대군을 통솔하여 싸웠다 하면 이기고 공격하였다 하면 빼앗는 것은 한신(韓信)에 비할 바가 아니다. 이 세 사람이 모두 인걸이고, 나는 그저 그들을 임용

할 줄을 알았다. 이것이 천하를 얻은 이유이다.

리더십은 자신의 초능력으로 수하를 이끌고 가는 것이 아니라, 소통함으로써 가용 능력을 최대화시키는 것임을 유방은 잘 알고 있었던 것이다. 장군 이순신의 리더십과 닮은꼴이다.

장군을 갈망하는 시대는 서글픈 법이다. '국난사양장(國難思良將)'이라 하였으니, 좋은 장군이 그립다는 것은 나라가 어려움에 처했음을 의미하기 때문이다. 더욱 염려스러운 것은 진정한 리더십이 무엇인지 모르는 인사들이 저마다 자신이야말로 난국을 풀어갈 적임자라고 설쳐대는 현실이다. 우리가 이 시대에 배워야 할 점은 이순신 장군의 따뜻한 마음과 소통의 리더십이다.

나는 부하들과 함께 묻어달라는 채명신 장군을 상상하면서 《난중일기》의 책장을 덮었다.

# 부당한 갑질과 잔혹한 승자독식이 판칠 때

위편삼절(韋編三絶)은 공자가 책을 얼마나 열심히 읽었는지를 잘 보여주는 고사성어이다. 책을 엮은 가죽 끈(韋編)이 세 번이나 끊어졌다(三絶)는 의미인데, 공자가 그토록 지극 열정으로 읽었던 책은 무엇일까? 바로 주역周易이다. 때문에 주역은 역경(易經)이라고도 하여 유가의 가장 중요한 경전으로 꼽힌다. 뿐만 아니라 그것은 중국, 넓게는 동아시아 철학사상의 모태라고 해도 과언이 아니다.

주역 하면 곧장 점을 떠올리는 사람이 많을 것이다. 틀린 말이 아니다. 원래 그것은 점서(占筮)를 근간으로 하고 있기 때문이다. 동아시아에는 기독교나 이슬람교처럼 예언자가 전하는 유일신의 말씀을 만사의 준칙으로 삼는 전통이 거의 없었다. 대신 점을 쳐서 하늘의 섭리나 신의 뜻을 묻는 것이 보편적이었다.

초월자와 소통하는 수단이 바로 점이었다는 점에서 주역은 동아시아의 보편적 세계 인식을 대변하고 있으므로 그 안에는 동아시아인 나름의 종교와 철학사상이 담겨 있다고 하겠다. 공자가 주역을 그토록 애지중지했던 이유가 아마도 여기에 있었으리라.

주역의 핵심 개념은 음양(陰陽)이다. 삼라만상이 천차만별하고, 세상만사가 변화무상하더라도 그 근본은 음양의 조화(造化)라고 보는 것이다. 음은 원래 언덕의 응달을, 양은 언덕의 양달을 나타내는 한자로, 각각 어두움과 밝음, 부드러움과 뻣뻣함, 내려감과 올라감, 여성성과 남성성 등을 상징한다. 이를 나타내는 부호를 효(爻)라 하는데, 음효는 ▬▬로, 양효는 ▬로 표시한다. 두 가지 효를 섞어 세 번 중첩하면 여덟 가지 부호가 나오는데, 이를 팔괘(八卦)라고 한다. 팔괘는 우리 주위에서 흔히 보는 사물들을 표상한다. 예컨대, 양효를 세 번 중첩한 ☰는 건(乾)괘라 하며 하늘을 상징한다. 반대로 음효를 세 번 중첩한 ☷는 곤(坤)괘라 하며 땅을 상징한다. 곁은 부드러운 음효이나 가운데가 뻣뻣한 양효인 감(坎)괘 ☵는 물을 상징하는 한편, 이와 정반대인 리(離)괘 ☲는 불을 상징한다.

팔괘를 다시 중첩하면 64괘가 된다. 예컨대 위에 곤(땅)이 오고 아래에 건(하늘)이 오면, ䷊가 되는데, 이를 태(泰)괘라고 하고, 반대인 ䷋은 비(否)괘라고 한다. 또 위에 감(물)이 오고 아래에 리(불)가 오는 ䷾는 기제(旣濟)괘라 하고, 반면 뒤집은 ䷿는 미제(未濟)괘라 한다. 이런 식으로 계속하면 64괘가 완성되는데, 이를 통하여 길흉을 예측한다. 물론 과학적인 근거가 있는 것은 아니지만, 여기에서 동아시아인 특유의 사고를 엿볼 수 있다.

만약 우리가 점을 친다고 해보자. 하늘/불이 위고, 땅/물이 아래인 괘를 얻는 것이 좋을까? 땅/물이 위고, 하늘/불이 아래인 괘를 얻는 것이 좋을까? 많은 사람들이 전자라고 생각하겠지만 실제는 정반대이다.

하늘과 땅이 위아래로 질서를 잡고 있는 비괘의 '비(否)'는 '막히다'는 뜻이다. 꽉 막혀 통하지 않는 상태를 가리키는 말인 '비색(否塞)'의 '비'이다. 하늘의 기운은 올라가고 땅의 기운은 내려가 서로 소통하지 않기 때문이다. 반면, 그 역인 태괘의 '태(泰)'는 '통하다', '안정되고 평화롭다' 등의 의미를 갖는다. 국태민안(國泰民安)의 '태'이다. 왜인가? 땅의 무거운 음기는 내려오고, 가벼운 하늘의 양기는 올라가 서로 교류하기 때문이다. 64괘 중 가장 길한 괘가 태괘이고, 흉한 괘가 비괘인 것이다.

내려가는 성질의 물이 위에 있고 올라가는 속성의 불이 아래에 있으면 기제괘가 된다. 기제의 '기(旣)'는 '다하다'는 뜻이고, '제(濟)'는 '구제하다'라는 뜻이니 '만사가 형통하다'는 의미이다. 반면, 그 역이 되면 미제라 하는데, 물이 아래에 있어 불을 끌 수 없듯이 일이 성공을 거둘 수 없음을 상징한다. 따라서 미제는 흉이 되고 기제는 길이 되는데, 그 판단의 근거는 교류와 소통의 유무이다. 높은 사람일수록 아래에 처해야 좋은 세상이 된다고 믿는 것이다.

우리나라 태극기는 바로 이러한 정신을 고스란히 담고 있다. 중앙의 태극은 음양이 역동적으로 교류하고 있음을 상징한다. 우열이 없다. 너 안에 내가 있고 나 안에 네가 있어야 하기에 곡선으로 구태여 경계를 긋고 있을 뿐이다. 네 모퉁이에는 하늘(건)과 땅(곤), 물(감)과 불(리)이 있는데, 위아래가 아니고 대각선으로 배치되어 있다. 이 역시 교류와 소통을 강조하고 있는 것이다.

하지만 현실은 슬프다. 우리 사회에는 지배층만 있고 지도자는 없다는 말을 자주 듣는다. 부당한 '갑질'과 잔혹한 승자독식(勝者獨食)이 판

친다. 만약 그것을 합리화하고 지지하는 것이 '문명'이라면, 차라리 나는 점을 치며 교류와 소통의 소중함을 믿었던 '원시'를 택하고 싶다.

당연히 주역의 미신적 점술 자체를 예찬할 생각은 추호도 없다. 다만 위편삼절 하면서까지 고리타분한 옛것을 좋아했던 공자의 호고(好古) 정신이 지향하는 바에 공감할 따름이다.

# 배움의 가치를 느낄 때

한 학기가 또 끝나가고 있다. 엊그제 개강한 것 같은데 벌써 종강이라니, 이런 느낌이 드는 것도 여느 때와 다르지 않다. 다만 나로서는 색다른 강좌가 이번 학기에 하나 있었다. 〈아시아문화개관〉이라는 과목인데, 처음 그것도 갑자기 대타로 맡게 되어서 힘들었지만, 뜻밖에 교학상장(敎學相長)의 즐거움을 새삼 일깨워주었다.

이 과목은 원래 2인 팀티칭이어서 할당된 시간이 많지 않았다. 이 짧은 시간으로 아시아문화를 어떻게 개관하지? 문득 〈문명이 만든 6대 바이블〉이라는 기획 시리즈가 생각났다. 인류 문명을 대표하는 도덕경과 사서오경, 성경과 코란, 불경과 베다의 여섯 경전을, 그 탄생지를 중심으로 중국편 · 중동편 · 인도편 3권으로 묶고, 각각 '군자의 나라', '예언자의 나라', '구도자의 나라'라는 이름을 달고 있는 기획물이었다. 종교철학이야말로 인류 문화의 주요 기반이자 그 자체로 중요한 문화가 아니던가? 그래, 이것으로 하자.

그런데 내게 익숙한 것이라고는 '군자의 나라'뿐인데 어쩌지? 게다가 코란과 베다는 책표지마저 본 적도 없으니 말이다. 나는 꾀를 냈다. 수강 학생들을 크게 3조로 나눈 다음, 다시 각 조를 둘로 나누어 6대 바이블을 하나씩 맡아 발표하도록 시켰다. 발표 뒤에는 모든 학생이 참여하여 토론하도록 하였다. 이렇게 한숨 돌린 나는 코란과 베다 등의 자료를 서둘러 읽으면서 학생들의 주도적 학습을 거들었다. 마지막 기말고사도 꾀를 부렸다. 자신이 스스로 문제를 내고 거기에 답변하도록 시킨 것이다. 대신 모든 자료를 자유롭게 지참하여 참고할 수 있도록 하였다.

학생들의 자문자답은 다양하였다. 혹자는 인류 문명이 만들어낸 6대 바이블이 모두 아시아에서 탄생했다는 사실에 긍지를 느끼지만, 근대 이후 서구 문명에 뒤처지게 되어서 안타깝다고 하였고, 혹자는 지구 곳곳에서 충돌과 갈등을 빚고 있는 기독교와 이슬람이 그 뿌리가 동일하다는 사실에 놀랐다 하면서, 그렇다면 그 종교 분쟁은 본질적으로 인간의 왜곡된 욕망에서 비롯된 것이 아니냐고 지적하였다.

또 천지만물은 유일신이 창조하였기에 그에게 귀의하여만 구원을 받는다는 중동 '예언자의 나라'의 인식은, 천지만물은 저절로 이루어졌고 그중 인간이 중심적 역할을 하여야 한다는 동아시아 '군자의 나라'의 인식과 극단적인 대척점을 이룬 반면, 인도의 '구도자의 나라'는 그 중간에 자리하고 있다고 기술한 학생도 있었다. 아울러 서쪽에서 동쪽으로 올수록 신의 목소리가 작아지고 인간의 목소리가 커진다는 사실을 덧붙인 학생도 있었다. 심지어 아시아문화의 미래적 가치를 적극 재조명해야 한다고 주장하는 학생도 있었다. 요컨대, 자신만의 견해를 제시하려는 노력이 역력하였다.

개인적으로 나는 동과 서를 잇고 있는 인도 '구도자의 나라', 그중에서도 베다의 결정판인 우파니샤드가 매우 흥미로웠다.

"세상은 브라흐만(Brahman)에서부터 생겨나고, 다시 그 브라흐만으로 돌아가며, 그 안에서 움직이노라" 할 때 이 브라흐만은 유일신(야훼, 알라)과 흡사하지만, "인간의 진정한 자아인 아트만(Ātman)은 브라흐만과 하나이자 동일하다"라고 할 때 이 아트만에는 군자 또는 성인(聖人)의 모습이 어른거리고 있음을 확인하였기 때문이다.

또한 '구도자의 나라'가 설정하고 있는 이상적인 삶의 4단계는 나 자신을 돌아보게 만들었다. 아동기를 벗어나 금욕과 학습을 하는 학생기(學生期), 적정 연령이 되어 결혼하여 가정을 이루는 가장기(家長期), 가업을 후손에 물려주고 숲으로 들어가 명상하는 수행기(修行期), 모든 것을 버리고 운수(雲水)의 길을 떠나는 초탈기(超脫期). 이것이 참된 인간이 걸어야 할 길이라면, 나는 어디쯤 걷고 있는 걸까? 언제인가 가장기를 벗어날 수나 있을까?

아무튼 나는 이 강좌에서 가르친 것보다 배운 것이 더 많았다. 교학상장을 넘어선 망외의 수확이라 하겠다. 교학상장을 제기하고 있는 《예기禮記》·〈학기學記〉가 생각난다.

비록 지극한 도리가 있어도 교학하지 않으면 그 좋음을 알지 못한다. 때문에 배워본 다음에 부족함을 알고, 가르쳐본 다음에 어려움을 알게 된다. 부족함을 안 다음에 자신을 돌이켜 볼 수 있고, 어려움을 안 다음에 자신을 강하게 할 수 있다. 그러므로 말한다. '가르침(教)과 배움(學)은 서로 돕는다(相長)'라고.

학생들은 어떠했을까? 답안지를 제출하면서 이렇게 말하는 학생이 여럿 있었다.

"수업을 더했으면 좋겠어요."

"더 배우고 싶은데 아쉬워요."

다행이다. 아마도 능동적 교학의 즐거움을 체험한 모양이다. 각종 지식과 정보가 넘쳐나는 이 시대, 우리에게 진정 필요한 자질은 그것들을 종합·해독하고, 나아가 자신의 견해를 도출해내는 능력이라는 점을 잊지 말았으면 좋겠다. 아울러 그러한 능력을 함양하는 것이 교학상장의 본뜻이라는 점도 기억했으면 좋겠다.

# 예의와 음악이 필요할 때

"이 수업은 선의의 경쟁보다는 우정의 협업을 중시하겠습니다."

수업 첫날 이렇게 말하자 학생들은 어리둥절했다.

"시험 결과보다는 수업 과정 그 자체에 초점을 맞추겠다는 의미입니다."

이렇게 덧붙였지만 수강생들은 여전히 의아한 눈치였다.

"몇 명씩 조를 이루어 수업을 받는데, 상호 협력하는 정도를 체크하겠다."

이번에는 어떻게 평가할 것인지가 걱정이었다.

"그건 걱정 말고 이 수업에서 무엇을 얻을 수 있을까를 고민하세요."

서둘러 명령하듯이 강의 소개를 마무리했다.

이번 여름 계절학기 강의인 〈한문의 이해〉의 첫 시간에 있었던 일들이다. 수강 신청한 이유를 묻자 대부분 머뭇거릴 뿐이었고, 아예 솔직하게 학점을 따기 위해서라고 답변하는 학생도 적지 않았다. 한문은 옛 것이고, 지금과 무관하다는 생각을 갖고 있는 듯했다. '온고지신(溫故知新)'이라는 말을 환기시켰다. 옛날(故)을 익히는 것이 바로 미래(新)를 아는 것임을. 옛것과 지금을 나누지 말고 합쳐서 보자고 제안했다.

반신반의하면서 학생들은 조별로 옹기종기 둘러앉았다. 첫 수업은 한자 단어 끝말잇기 겨루기로 진행하였다. 학생들은 '이동용 소형 컴퓨터'인 스마트폰을 이용하여 조별로 머리를 맞대고 단어를 찾았다. 그리고 나와서 칠판에 쓰고 그 뜻을 설명하였다.

교실(教室) → 실장(室長) → 장단(長短) → 단점(短點) → 점심(點心) → 심사(心思) → 사고(思考) → 고시(考試) → 시도(試圖) → 도장(圖章) → 장회소설(章回小說) → 설화(說話) → 화제(話題) → 제목(題目) → 목적(目的) → 적중(的中) → …

나열한 단어의 개수에 따라 조별 순위가 정해졌다. 조 안에서는 협업이요, 조 간에는 경쟁인 셈이었다. 물론 나의 속셈은 한자가 옛것에 지나지 않는다는 편견을 불식시켜주고 싶었다.

이어 명문(名文) 몇 편을 골라 함께 읽었다. 텍스트에 나오는 한자는 조별로 끝말잇기 식으로 자습하도록 하였다. 그리고 작품을 풀이해준 다음, 조별로 그중 가장 인상적인 구절을 선택하여 그것을 새로운 문구로 리메이크하도록 하였다. 예컨대, 유우석(劉禹錫)의 〈누실명(陋室銘)〉의 경우 선택된 구절은 다음과 같다.

山不在高　　산은 높음에 있지 않나니,
산 부 재 고

有僊則名　신선이 살면 유명해진다네.
유 선 즉 명

조별로 열띤 토론을 거친 끝에 나름대로의 현대판 명구(?)를 만들어 냈다.

朋不在多　벗은 많음에 있지 않나니,
붕 부 재 다

知己則足　자기를 알아주면 충분하지.
지 기 즉 족

技不在多　기술은 많음에 있지 않나니,
기 부 재 다

有用則好　쓰임새가 있으면 좋은 게지.
유 용 즉 호

또 주돈이(周敦頤)의 〈애련설愛蓮說〉에서는 다음 구절이 채택되었다.

吾獨愛　　나는 홀로 사랑하나니,
오 독 애

蓮之出於泥而不染　연이 펄에서 나왔으되 물들지 않음을.
연 지 출 어 니 이 불 염

역시 그럴싸한 새로운 문구가 쏟아져 나왔다.

吾獨愛　　나는 홀로 사랑하나니,
오 독 애

詩之言簡而意深　시의 말은 간단하나 뜻이 깊음을.
시 지 언 간 이 의 심

吾獨愛　　나는 홀로 사랑하나니,
오 독 애

濛雨之似有似無　가랑비가 있는 듯 없는 듯.
몽 우 지 사 유 사 무

而濕潤萬物　하지만 만물을 적셔줌을.
이 습 윤 만 물

이번에는 구태여 순위를 매기지 않았다. 사실 그럴 필요도 없었다. 옛것을 재해석하여 새것을 창출하였으니, 이것이 바로 '온고지신'이 아니겠는가!

이런 식 수업에 학생들은 고맙게도 잘 따라왔다. 마지막 미션! 비록 한문을 많이 배운 것은 아니지만, 그래도 이를 바탕으로 자신의 호를 지어 보자고 했다. 마지막 시간, 학생들은 한 명 한 명씩 칠판에 자호(自號)를 쓰고 그 의미를 설명하였다.


해도(海陶) : 모든 강물을 받아들이면서 넘치지 않는 바다, 그것을 담을 질 그릇.

백란(白蘭) : 검은 종이에 하얀 먹으로 친 난초, 나만의 고고함.

녹음(綠陰) : 항상 푸르면서 누군가의 쉼터가 되어주는 그늘.

가양(佳羊) : 고향이 가산이고 또 양띠이니까 나는 한 마리 아름다운 양.

백범(白凡) : 백정이면 어떠랴 범부면 어떠랴. 김구 선생을 닮을 수만 있다면.


수강생들에게 한문은 더 이상 죽어버린 옛것이 아니었다. 아직 어설프지만 학생들의 이상이 담긴 자호가 대견스럽고, 흐뭇하다. 그들의 꿈에 박수를 치고 싶은 마음이 절로 든다.

나는 이번 수업을 기획하면서, 동양 전통 사회에서 중시하였던 예악(禮樂)의 기능을 염두에 두고 있었다. 예(禮)는 예의이고, 악(樂)은 음악이다. 예는 귀천(貴賤)이나 친소(親疎) 등의 사회적 관계를 규정하는 규범으로 그 본질은 '나누기'이다. 그런데 '나누기'에 열중하다 보면 세상은 소통하지 못하고 경직되어버린다. 이때 악이 필요하다. 기쁜 음악을 들으면 누구나 기쁘고, 슬픈 음악을 들으면 누구나 슬픈 법. 때문에 악은 본질적으로 '합치기'이다. 물론 악도 지나치면 무질서를 초래한다.

순자(荀子)의 용어로 말하자면, 예는 '별이(別異: 나누어 다르게 함)'이고, 악은 '합동(合同: 합쳐 같게 함)'으로, 이상적 사회를 떠받치는 두 기둥이어야 한다. 예의 나눔은 질서를, 악의 합침은 단결을 보장해주므로, 두 가지는 양자선택이 아니라 상호보완 관계이어야 한다.

아니, 더 정확히 말하자면 그것마저도 모두 방편이나 수단에 지나지 않는다는 사실을 잊지 말아야 한다. 궁극적인 목표는 따로 있다. 공자는 《논어》·〈팔일八佾〉에서 이를 '인(仁)'이라고 확신한다.

人而不仁, 如禮何    사람이되 인하지 않으면, 예의를 어떻게 하랴!
인 이 불 인    여 례 하

人而不仁, 如樂何    사람이되 인하지 않으면, 음악을 어떻게 하랴!
인 이 불 인    여 악 하

예의도 음악도 '인'이 전제가 되어야 한다. 그것들은 '인'을 구현하기 위한 수단이거나 그것의 외부 발현이기 때문이다. '인'이란 사람이 사람답게 살 수 있도록 해주는 '사랑(愛)'이다. 요컨대, 예의 나눔도 악의 합침도 모두 인(仁) 즉 사랑을 위해 복무하는 것이다.

다행히 수업에 대한 학생들의 반응은 좋았고, 성적 처리에 대한 불만도 없었다. 한 학생의 수업 평가처럼 "배운 내용을 토대로 어떤 삶을 살아야 하는지에 대해 진지하게 생각하게 된" 계기가 되었다면, 예악을 틀로 한 나의 수업 각본은 성공한 셈이다. 경쟁도 협업도 다 수단이고 '온고지신'이 궁극적 수업 목표라는 사실을 깨달았다고 하니 말이다.

그런데 마지막 수업을 마치고 강의실을 나올 때 한 학생이 불쑥 질문을 던졌다.

"교수님, 우리 사회가 지금 필요한 것은 예인가요, 악인가요? 또 궁극적 목표는요?"

새로운 과제가 하나 더 생겼다.

"글쎄, 함께 생각해 보자꾸나."

# 비움과 채움의 덕목이 필요할 때

유화가 서양화를 대표한다면 수묵화는 동양화를 대표한다. 동서양이 요모조모로 다르듯이 당연히 유화와 수묵화도 여러 면에서 구별된다. 유화가 다색(多色)의 안료와 두꺼운 캔버스로 대상을 주로 사실적으로 재현(再現)한다면, 수묵화는 단색(單色)인 먹물과 얇은 종이로 경관을 정감 있게 표현(表現)한다. 이 둘의 차이는 얼핏 보아도 뚜렷하다. 유화가 조금도 빈틈없이 화면을 가득 채워 나간다면, 수묵화는 넉넉한 여백을 위하여 화면을 비워 두기 때문이다. 부정적으로 보자면 유화는 답답하고, 수묵화는 그리다가 만 느낌을 준다. 그러나 긍정적으로 보자면 유화는 충만감을 주고, 수묵화는 여유로움을 준다.

서양에서 유화가 흥기하던 15세기는 이른바 '대항해의 시대'가 열리고 있었다. 지구 구석구석을 찾아 나서던 그들의 욕망이 화면에 가득 투사되었던 것은 아닐까? 반면, 비슷한 시기에 문인화(文人畵)라는 이름으로 수묵화를 주도하던 동양의 사대부들은 '신세계' 따위는 전혀 관심이 없었다. 자아 성찰과 수신을 지상 과제로 삼았기에 그들의 절제가 화면의 여백으로 표현된 것은 아닐까? 아무튼 나에게 유화는 채움이고, 수묵화는 비움이다. 물론 채움과 비움으로 동서양을 쉽게 양단할 일은 아니다. 중국의 경우, 비움을 힘주어 강조하는 노자(老子)와 장자(莊子)가 있다면, 공자(孔子)와 맹자(孟子)는 채움을 강력히 주장하고 있기 때문이다.

노자가 마음을 비우는 허(虛)와 몸을 멈추는 정(靜)을 득도의 요체로 내세우자, 장자가 무색무형의 물이 멈춰서 명경지수(明鏡止水)가 될 때 만물을 비춰보게 된다고 비유적으로 설명함으로써 비움의 중요성을 일깨웠다. 한편 공자가 밤이나 낮이나 그침 없는 시냇물을 보며 "서자여사부(逝者如斯夫)" 즉 "흐르는 것이 이와 같구나!"라고 감탄하면서 본받기를 권하자, 맹자가 인생의 목표를 설정하고 서두르지 않되 부단히 실천하다보면 '호연지기(浩然之氣)'가 양성된다고 부연함으로써 채움의 중요성을 강조하였다.

동시에 그들은 양자의 소통도 언급하고 있다. 노자는 "위학일익(爲學日益) 위도일손(爲道日損)" 즉 "학문을 함은 날로 보태는 것이지만, 도를 닦음은 날로 줄이는 것이다"라 하여 비우기에 앞서 채워야 한다고 하였거니와, 공자는 자신의 박학다식함보다는 '일이관지(一以貫之)'하는 면모를 강조함으로써 비움의 중요성을 잊지 않았다. 이렇듯 채움과 비움은 양자택일 할 사항이 아니다. 누구나 겸비하여야 할 덕목이다. 비록 사람에 따라 가중치가 다를지라도.

중국은 시의 왕국이다. 시의 세계에서도 채움과 비움은 모두 유용하다. 당나라 시인 왕적(王績)은 〈서울에서 고향을 그리던 참에 고향 사람을 만나 묻노라(在京思故園見鄕人間)〉라는 긴 제목의 시에서 향수를 하나

하나 챙겨가며 읊는다.

| | |
|---|---|
| 旅泊多年歲<br>여 박 다 년 세 | 떠돌이 길손 신세 여러 해, |
| 老去不知回<br>노 거 부 지 회 | 늙도록 돌아갈 줄 몰랐더라. |
| 忽逢門前客<br>홀 봉 문 전 객 | 문득 만난 대문 앞 손님, |
| 道發故鄕來<br>도 발 고 향 래 | 고향에서 왔다 말하누나. |
| 斂眉俱握手<br>염 미 구 악 수 | 미간 찌푸리다 함께 손 움켜쥐고, |
| 破涕共銜杯<br>파 체 공 함 배 | 눈물 터뜨리다 함께 술잔 머금네. |
| 殷懃訪朋舊<br>은 근 방 붕 구 | 꼬치꼬치 친지들 알아보고, |
| 屈曲問童孩<br>굴 곡 문 동 해 | 시시콜콜 아이들 물어보네. |
| 衰宗多弟侄<br>쇠 종 다 제 질 | 집안에 많은 동생 조카들 중에, |
| 若個賞池臺<br>약 개 상 지 대 | 몇 명이 원림을 완상하던가요? |
| 舊園今在否<br>구 원 금 재 부 | 옛 정원 아직 그대로 있던가요? |
| 新樹也應栽<br>신 수 야 응 재 | 새로운 나무도 응당 심었겠죠? |
| 柳行疏密布<br>유 행 소 밀 포 | 줄지은 버들 빽빽이 퍼졌던가요? |
| 茅齋寬窄裁<br>모 재 관 착 재 | 서재의 이엉 넉넉히 잘랐던가요? |
| 經移何處竹<br>경 이 하 처 죽 | 대나무는 어디까지 옮겨가던가요? |
| 別種幾株梅<br>별 종 기 주 매 | 매화는 몇 그루 따로 심었던가요? |

| | |
|---|---|
| 渠當無絶水<br><sub>거 당 무 절 수</sub> | 도랑에 응당 물길 끊어지지 않았겠죠? |
| 石計總生苔<br><sub>석 계 총 생 태</sub> | 돌에는 아마도 이끼 온통 끼었겠지요? |
| 院果誰先熟<br><sub>원 과 수 선 숙</sub> | 과일은 어떤 것이 먼저 익던가요? |
| 林花那後開<br><sub>임 화 나 후 개</sub> | 꽃나무 어떤 것이 늦게 피던가요? |
| 羈心只欲問<br><sub>기 심 지 욕 문</sub> | 객지 마음에 그저 묻고 싶나니, |
| 爲報不須猜<br><sub>위 보 불 수 시</sub> | 알려주고서 의아할 필요 없다오. |
| 行當驅下澤<br><sub>행 당 구 하 택</sub> | 머잖아 당장 짐수레 몰고서, |
| 去剪故園萊<br><sub>거 전 고 원 래</sub> | 텃밭 채소 베러 갈 터라오. |

시는 이렇게 열 개도 넘는 질문으로 채워져 있다. 오죽하면 그러하
겠는가? 시시콜콜하지만 고향을 그리는 마음이 넘쳐난다. 유화처럼 가
득 채운 덕분이다.

반면, 조금 뒤에 태어난 왕유(王維)는 비움의 전략을 쓴다. 〈잡시雜詩〉
라는 짧은 제목의 시는 겨우 네 줄이다.

| | |
|---|---|
| 君自故鄕來<br><sub>군 자 고 향 래</sub> | 그대 고향에서 오셨으니, |
| 應知故鄕事<br><sub>응 지 고 향 사</sub> | 응당 고향 일 알겠지요. |
| 來日綺窓前<br><sub>내 일 기 창 전</sub> | 오던 날 비단 창문 앞, |
| 寒梅著花未<br><sub>한 매 착 화 미</sub> | 찬 매화 피었던가요? |

질문은 단 하나다. 그것도 단지 매화가 피었느냐? 뜻밖이다. 그런데 도리어 더 많은 연상을 불러일으킨다. 가족의 안부가 걱정이어서 차마 못 묻는 것인가. 아니면 매화를 물을 지경이니 나머지 긴요한 것임에랴 말할 나위가 있겠느냐는 것인가. 아니면 그 매화에 특별한 사연이라도 있는 것일까. 하여간 긴 여운을 남기는데, 수묵화처럼 비워 둔 덕분이다.

비움은 채움을 전제로 하기에 언제나 채움을 능가하는 것인지 모른다. 그래서 사공도(司空圖)는 심지어 "한 글자도 쓰지 않고서 멋을 다한다"라는 의미의 "불착일자(不着一字) 진득풍류(盡得風流)"를 최고의 경지로 삼았다. 요컨대 동양의 예술 세계에서 비움은 최고의 수단이자 목표이다.

하지만 현실 삶에서는 비움만이 능사가 아니다. 대체로 나이가 들어가고 처지가 좋아질수록 더 비워야 할 터이지만, 그 반대의 경우는 오히려 채우는 데 주력해야 하는 법이다. 이처럼 연령과 상황에 따라 편차가 있겠지만, 모든 생명체가 날마다 섭취하고 배설함으로써 생명을 유지하듯이, 우리는 언제나 채우고 비우기를 반복하여야 한다. 채움과 비움은 대대(待對) 개념이자 상보(相補)하는 덕목으로, 채움이 없는 비움은 공허하고 비움이 없는 채움은 추악하기 때문이다.

그렇기에 마음의 갤러리에 유화 한 점과 수묵화 한 폭을 나란히 걸어둘 일이다. 때로는 채우는 유화처럼, 때로는 비우는 수묵화처럼 살고 싶은 것이다.

# 스트레스를 친구로 삼았을 때

근자에 소일거리가 하나 더 생겼다. 짬짬이 컴퓨터에서 테드(TED)라는 토크쇼를 보는 일인데, 미국의 비영리재단에서 정기적으로 열리는 기술(Technology)·오락(Entertainment)·디자인(Design) 등에 관련된 강연이다. 주로 영어로 진행되지만 자원봉사자들에 의한 번역이 자막으로 제공되므로 언어 장벽을 걱정할 필요는 없다. "널리 알려야 할 아이디어(Ideas Worth Spreading)"라는 모토 아래 여러 나라 다양한 방면에서 활동하고 있는 강연자들이 자신의 인생을 건 이야기를 들려주니 소일거리로 딱 안성맞춤이다. 흥미로운 이야기도 많고 유익한 아이디어도 많은데, 미국의 심리학 교수인 켈리 멕고니걸(Kelly McGonigal)의 〈스트레스를 당신의 친구로 만드는 법(How to make stress your friend)〉도 그중의 하나다.

3만 명의 성인을 대상으로 8년간에 걸쳐 진행된 연구 결과에 따르면, 심한 스트레스를 받은 사람은 일찍 죽을 확률이 43퍼센트나 더 높아지는데, 이는 단지 스트레스를 해롭다고 여길 경우에 국한되고, 해롭다고 여기지 않는 경우는 스트레스를 받지 않는 사람보다도 오히려 위험성이 낮아진다고 한다. 요컨대 스트레스를 적으로 여기지 않고 친구로 삼는다면 그 스트레스가 도리어 삶의 활력소가 된다는 주장이다.

사실 동양적인 사고에서 스트레스는 원래부터 적이 아니었다. 노자는 아예 한 걸음 더 나아가 "귀대환약신(貴大患若身)" 즉 "큰 걱정거리를 몸처럼 소중히 여겨라"고 하였다. 여기서 걱정거리에 해당하는 '환(患)'은 '마음(心)'을 무언가가 '관통(串)'한다는 의미이니, 스트레스를 이처럼 실감나게 나타내는 글자도 없을 듯하다.

경구(警句)는 머리로 이해하기는 쉬워도 몸으로 실천하기는 어려운 법이다. 몇 년 전 나는 심혈관 질환과 부정맥이라는 진단을 받았다. "친구라고 편히 생각하세요"라고 말하면서 의사가 처방전을 건네줄 때, 나는 노자의 이 문구를 처음으로 진지하게 떠올렸다. 지금은 이 '친구'의 말을 잘 듣는다. 자주 산책을 가자고 하니 이틀이 멀다 하고 산책을 한다. 덕분에 예전보다 더 건강해졌을 뿐만 아니라 망외의 즐거움마저 누리고 있다. 내가 근무하고 있는 학교의 교정에 겨울이 되면 연못에 천연기념물인 원앙새가 날아와 짝지어 놀고, 언덕에는 가장 빨리 봄소식을 알려주었던 산수유가 빨갛고 앙증맞은 열매로 작은 새들을 먹이고 있다. '친구'와 함께하는 산책이 아니었다면, 이러한 사실을 어찌 알았겠는가?

노자의 경구를 여실히 실천한 사람을 들라고 하면 나는 주저 없이 소식(蘇軾: 1036~1101)을 꼽는다. 44세가 되던 해, 그는 조정을 비방하는

글을 썼다는 죄목으로 투옥되어 처형을 기다리는 신세가 된다. 천우신
조로 간신히 목숨을 건진 뒤 변방으로 귀양을 가는데, 이때 심정을 〈임
고정으로 거처를 옮기며(遷居臨皋亭)〉에서 이렇게 읊고 있다.

我生天地間
아 생 천 지 간
내가 천지간에 사는 것은,

一蟻寄大磨
일 의 기 대 마
맷돌에 붙어 있는 개미 꼴.

區區欲右行
구 구 욕 우 행
열심히 오른쪽으로 가려 해도,

不救風輪左
불 구 풍 륜 좌
왼쪽으로 가는 세상 막지 못하네.

雖云走仁義
수 운 주 인 의
어질고 바른 길을 걸었다지만,

未免違寒餓
미 면 위 한 아
추위와 굶주림 벗어나지 못하네.

劍米有危炊
검 미 유 위 취
칼날 앞 밥하기라 늘 위태롭고,

針氈無穩坐
침 전 무 온 좌
바늘방석 앉으니 안온함 없네.

豈無佳山水
기 무 가 산 수
어찌 좋은 산수 없었으랴만,

借眼風雨過
차 안 풍 우 과
눈길 주자 스쳐가는 비바람.

歸田不待老
귀 전 불 대 로
늙기 전 귀농해야 하거늘,

勇決凡幾箇
용 결 범 기 개
용단을 내린 이 다 몇인가.

幸茲廢棄餘
행 자 폐 기 여
다행히 이에 버려져 남게 되니,

疲馬解鞍馱
피 마 해 안 타
지친 말이 안장과 짐을 푼 셈일세.

全家占江驛
전 가 점 강 역
온 식구가 강가 역참 차지하니,

| | |
|---|---|
| 絶境天爲破<br>절 경 천 위 파 | 별천지를 하늘이 열어주심이라. |
| 飢貧相乘除<br>기 빈 상 승 제 | 궁핍함을 이와 저울질해 보니, |
| 未見可弔賀<br>미 견 가 조 하 | 위로해야 할지 축하해야 할지 모를 일이라. |
| 澹然無憂樂<br>담 연 무 우 락 | 근심도 기쁨도 없는 담담함이여, |
| 苦語不成些<br>고 어 불 성 사 | 괴로운 푸념일랑 생길 리 없네. |

죽음의 공포가 채 가시지 않은 춥고 배고픈 귀양살이. 이보다 더 큰 스트레스가 있을까 싶지만, 그는 도리어 귀농하여 절경을 즐기게 되었다고 기뻐하고 있다.

소식의 이 시는 결코 허언이 아니었다. 동쪽(東) 언덕(坡)을 개간하여 몸소 귀농을 실천하니 동파거사(東坡居士)라는 애칭을 이때 얻었거니와, 대자연의 절경을 진실로 즐기니 그 결과 〈적벽부赤壁賦〉 등 불후의 명작들이 이때 산출되었다.

어디 그뿐이랴! 흔한 돼지고기를 제대로 요리할 줄 모르는 백성들을 위해 '동파육(東坡肉)'을 고안한 것도 바로 이때였다. 소식은 스트레스를 친구로 삼는 데 누구보다도 뛰어난 인물이었다. 아마 이것이 바로 그가 중국을 대표하는 세계적인 문화 명인이 되었던 비결이리라.

나는 어제와 마찬가지로 오늘도 그리고 내일도 '친구'와 산책을 나갈 것이다. 원앙새와 산수유를 보는 재미도 있지만, 죽음의 공포마저 '친구'로 삼았던 소동파의 정신세계를 나 자신도 조금이나마 느껴보고 싶기 때문이다. 스트레스는 나의 친구이다.

# 함께 더불어 잘사는 사회를 꿈꿀 때

모처럼 지하철을 탔다. 덜컹덜컹, 흔들흔들. 옆 사람과 대화를 나누기에는 다소 덜컹대고 아무것도 붙잡지 않은 채 그냥 서 있기에는 사뭇 흔들거리지만, 그래도 찻간은 포근한 느낌이 있어 좋았다. 그것은 다정한 이웃과 함께하는 데서 오는 편안함이었으리라. 모두들 이런 느낌이 드는지 승객들 대부분은 눈을 감고 상념에 젖어 있거나, 미소를 머금고 핸드폰을 들여다보는 등 여유를 즐기고 있는 듯했다.

그런데 그 가운데 유별난 한 사람이 있어 나의 눈길을 끌었다. 그는 파안대소(破顏大笑)를 하면서 요란하게 손짓을 하고 있었는데, 놀랍게도 승객 가운데 짜증내는 기색을 보이거나 싫은 눈짓을 하는 사람이 한 명도 없었다. 다가가서 보니 그는 원래 농아로, 친구와 영상 통화를 하고 있는 중이었다. 순간, 너무나 행복한 표정으로 '소리 없는 대화'를 즐기고 있는 그가 부러울 지경이었다.

그러고 보니 시각장애자는 어둠 속에서 책을 읽을 수 있겠구나 하는 생각도 들었다. 이어 이런저런 단상(斷想)이 꼬리를 물고 떠오르기 시작했다. 수화(手話)와 점자(點字)에 이런 장점이 있었다니. 그런데 그것들은 누가 만들었을까. 신체장애자들은 장애가 있는 게 아니라 남다른 예민한 능력을 갖고 있는 것은 아닐까 등등.

만약 물에 견준다면 우리 사회는 어떤 등급일까? 색이 까맣고 냄새가 고약해 아무런 생명체도 살 수 없는 5급수, 오염이 심해 여느 물고기는 없고 실지렁이만 흐느적거리는 4급수, 바닥에 해감이 잔뜩 깔려 잉어, 붕어, 미꾸라지 등이 좋아하는 3급수, 마실 정도는 아니지만 물이 맑아 쉬리, 은어, 꺽지, 갈겨니 등과 더불어 미역을 감을 수 있는 2급수, 바닥에 깔린 자갈이나 모래알을 하나하나 셀 수 있고 버들치 · 금강모치 · 열목어 · 산천어 등이 활개 치는 1급수. 우리 사회는 어디에 해당할까? 다행히 5급수나 4급수는 아니겠지만, 힘세고 돈 많은 소수만이 행복한 사회라면 잘해야 3급수에 지나지 않겠지. 1급수를 좋아하는 물고기는 3급수에서는 살 수가 없다. 왜냐하면 1급수의 지표종인 버들치와 산천어 등은 생존 가능한 여건이 까다롭기 때문이다. 달리 말하면 환경에 예민한 생명체라고 할 수 있을 것이다. 시각장애자 · 청각장애자 · 지체부자유자 등의 사회적 약자 역시 마찬가지이겠지. 그렇다면 그들이야말로 우리 사회의 청정도(淸淨度)를 가늠하는 지표가 아니겠는가.

《예기(禮記)》에 의하면, 공자는 이상적인 사회 형태로 대동(大同)을 꼽았다. 천하는 사적인 것이 아니라 공적인 것이라는 의미의 '천하위공(天下爲公)'을 기치로 하는 대동 사회는 비유하자면 1급수인 셈이다. 남녀노소를 막론하고 모두가 잘살 수 있음은 물론이거니와 홀아비(鰥) · 홀어

미(寡)·고아(孤)·무의탁 노인(獨), 그리고 각종 신체장애자(廢疾)가 빠짐없이 사회적 보호를 받고 있기에 모두가 똑같이 잘사는 세상이라는 의미로 대동이라 불렀다. 반면, 문물제도가 잘 갖추어져 사회적 강자가 능력대로 잘사는 사회는 한 단계 폄하하여 소강(小康)이라 불렀다. 공자가 이처럼 사회적 약자에 대한 배려를 힘주어 강조한 것은 그것이 바람직한 사회를 판가름하는 지표라고 여겼기 때문이었으리라.

노자는 사상적 경향에서 여러 모로 공자와 대척을 이루지만, 이 점에서는 약속이나 한 것처럼 한 목소리를 내고 있다. 도(道)는 "선인지보(善人之寶)이자 불선인지소보(不善人之所保)이다"라 하였는데, 풀이하자면 "잘하는 사람의 보배이자 잘하지 못하는 사람이 보호 받는 바이다"라는 의미이다.

인간이 만든 제도는 "손부족이봉유여(損不足以奉有餘)" 즉 "부족한 이를 덜어 남는 자를 떠받들지만", 하늘의 도는 "손유여이보부족(損有餘而補不足)" 즉 "남는 자를 덜어 부족한 이를 보태준다"라고 노자는 꿰뚫어 보고 있는 것이다.

함께 더불어 잘사는 세상, 이것이 어디 공자와 노자만의 생각이랴. '홍익인간(弘益人間)'이야말로 우리 민족이 추구해 오던 전통적인 미덕이 아니던가! 비록 무한 경쟁을 부추기고 승자독식(勝者獨食)을 용인하는 요즘 우리가 잠시 잊고 있을 뿐이지만.

"다음은 문화전당역입니다."

앞뒤 없는 토막생각에 잠겨 있는 나를 일깨우는 안내 방송이 들려왔다. 보아 하니 영상 통화에 열중이었던 그는 여전히 파안대소하며 요란스런 손짓을 하고 있었고, 주위 승객들은 짜증내기는커녕 흐뭇한 미소를 보내고 있었다. 내가 내릴 역은 아시아문화중심도시를 상징하는 문화전당역인데, 과연 우리 고장이 아시아문화의 '중심'이 될 만한 자격이 있는 걸까? 수화·점자·1급수·대동 사회·하늘의 도·홍익인간·아시아문화중심 등… 이런 저런 단상이 문득 다시 밀려왔지만, 이것을 후다닥 떨치고 서둘러 내렸다. 열차는 나의 생각 조각들을 싣고 떠났다. 덜컹덜컹, 흔들흔들.

秋...

가을에 생각하다

秋思
추사

가을 상념

—유우석(劉禹錫)

自古逢秋悲寂廖
자 고 봉 추 비 적 료

자고로 가을 만나 쓸쓸타 슬퍼하거늘,

我言秋日勝春朝
아 언 추 일 승 춘 조

내 말하니 가을이 봄날보다 나은 걸.

晴空一鶴排雲上
청 공 일 학 배 운 상

맑은 창공 학 하나 구름 헤쳐 오르면,

便引詩情到碧霄
변 인 시 정 도 벽 소

곧장 시심 끌고 푸른 하늘 이르는 걸.

# 달팽이 뿔싸움을 지켜볼 때

하루가 다르게 날씨가 변해가고, 아침과 저녁으로는 제법 알싸한 차가움이 느껴진다. 가을이 오면 자연스럽게 어머니의 뜨개질이 생각난다. 어머니는 묵은 스웨터나 목도리를 꺼내셨다. 아직 쓸 만하지만 이리저리 보시더니 다 풀어버리셨다. 빨강과 파랑 스웨터, 하양과 검정 목도리가 술술 풀려 한 무더기 실 뭉치가 되어 수북이 쌓였다. 원래 모습은 간 데 없고, 덜렁 혼돈(混沌) 덩어리 하나만 남게 된다.

어머니는 이 혼돈 덩어리를 몇 날 며칠에 걸쳐 다시 짜셨다. 어머니 손은 요술쟁이! 묵은 것들이 완전히 환골탈태(換骨奪胎)하는데, 헐겁고 후줄근하던 것들이 몸에 딱 맞게 말짱해졌다. 바랬던 색들도 다시 선명해졌다. 스웨터가 목도리로, 목도리가 스웨터가 되기도 했다. 와! 감탄하고 좋아하는 자식을 보면 어머니는 늘 행복한 미소를 지으셨다. 그랬다! 그것은 요술이 아니라 사랑이었다.

108

아무리 정성껏 짰던 것이라도 어머니는 자식의 몸집이 커지거나 자식이 싫증을 내면 언제든지 풀어 다시 짜곤 하셨다. 덕분에 우리는 늘 새것 같은 스웨터와 목도리를 할 수 있었는데, 품도 짬도 모두 사랑이었던 것이다. 오래전부터 어머니는 손발이 떨리고 눈이 침침하여 더 이상 뜨개질을 못 하게 되셨다. 그래도 가족을 사랑하는 마음은 여전하여서, 이제는 당신의 딸과 며느리가 뜨개질 하는 모습을 흐뭇하게 바라보신다.

이처럼 어머니의 사랑이 가득한 가정은 아무런 문제가 없는데, 바깥 세상의 상황은 그렇지 못한 듯하다. 아니 꼭 집어 말하자면 정치판이 문제이다. 쥐어 짤 줄만 알았지 풀 줄을 모르기 때문이다. '빨갱이'를 내세운 색깔 논쟁은 잊을 만하면 어김없이 등장하는 단골 메뉴이거니와, 우파니 좌파니 편 가르기도 그칠 줄 모른다. 어디 우리네 정치판뿐이랴! 한반도의 남과 북을 이끄는 역대 수장들도 더하면 더했지 결코 뒤지지 않았다. 바랠 대로 바래고 처질 대로 처진 누더기 털옷을 보고 있는 듯하다. 도대체 누굴 위해 편을 가르고 판을 짠단 말인가? 국민을 위한 것인지, 겨레를 위한 것인지 도무지 알 수 없다. 남과 북을 들먹이며 설쳐대는 정치꾼들을 보면, 장자의 혼돈 우화를 떠올리게 한다.

옛날 옛적에 대지 한 가운데에 임금이 계셨는데, 그의 이름은 혼돈이었다. 한편 남쪽 바다에는 '숙(儵)'이라는 임금이 있고, 북쪽 바다에는 '홀(忽)'이라는 임금이 있었다. 그들의 이름은 모두 '빠르다' '갑작스럽다'는 뜻이므로, 실감나게 번역하자면 오두방정을 떠는 '초라니'나 '덜렁쇠'쯤이 될 터이다. '숙'과 '홀'은 늘 혼돈의 나라에서 만나 놀았다. 왜냐하면 혼돈이 그들을 극진히 대접해주었기 때문이다. 어느 날 답례하기로 했다. "사람이라면 얼굴에 일곱 개의 구멍이 있어 보고 듣고 먹고 숨 쉬고 해야 할 터인데, 이 분은 없으니 구멍을 뚫어주자"고 했다. 그래서 하루에 하나씩 구멍을 뚫어주었더니 혼돈은 고마워하기는커녕 일곱째 되던 날 죽고 말았다.

혼돈이 죽자 남과 북의 '초라니'와 '덜렁쇠'가 설쳐대는 세상이 되었던 것이다. 그 모습을 장자는 와각투쟁(蝸角鬪爭)으로 비유하였다. 달팽이(蝸)는 두 개의 뿔(角)을 갖고 있는데, 그 뿔에는 각기 나라가 있었다. 왼쪽 뿔의 나라를 촉씨(觸氏)라 하고, 오른쪽 뿔의 나라를 만씨(蠻氏)라 하는데, 그들은 걸핏하면 전쟁을 일으켜 수만의 사상자를 내곤 하였다.

달팽이 뿔끼리의 싸움, 얼마나 우스꽝스러운 짓인가! 하지만 그것은 우파니 좌파니 아웅다웅 싸우는 우리의 모습과도 크게 다르지 않으리라. 훗날 지금을 돌이켜보거나 다른 나라 사람들이 우리를 본다면 말이다.

혼돈을 죽이고 남과 북, 좌와 우만이 설치는 정치판은 아무것도 생산해낼 수 없다. 그들의 판짜기는 뭐라 둘러대더라도 거짓이고 기만이기 때문이다. 그들은 낡은 스웨터와 목도리를 풀려고 하지도 않는다. 어머니 같은 혼돈을 죽여 버렸기 때문이다. 색깔 논쟁과 편 가르기에 몰두하고 있는 우리 사회는 마치 너덜너덜 해진 털옷 같다. 그래서 올 가을엔 더더욱 어머니의 뜨개질이 절실하게 그리워진다.

# 봉분 없는 무덤이 높아 보일 때

아침저녁으로 가을바람이 제법 불어오고 있다. 기분을 좋게 하는 시원함과 몸을 오싹하게 하는 싸늘함이 뒤섞여 있다. 결실과 더불어 쇠락을 동반하는 가을의 속성 탓일 터이나, 이번 가을바람은 유난히 싸늘하게 느껴지는 듯하다. 들판에는 황금물결이 넘실대건만, 여전히 찬바람만 쌩쌩 불고 있는 불임(不姙)의 정치판 때문일까? 불현 듯 봉분 없는 왕릉을 노래한 시가 떠오른다.

실크로드를 호령하던 당나라가 쇠락해가던 시절, 시인 허혼(許渾)은 장안(長安) 근교를 지나면서 너무나 다른 모습을 하고 있는 두 왕릉을 보고 시를 읊조렸다. 제목은 〈진시황의 무덤을 지나며(经秦始皇墓)〉이다.

龍盤虎踞樹層層　　따리 튼 용 웅크린 호랑이 겹겹의 나무,
용 반 호 거 수 층 층

勢入浮雲亦是崩　　구름 찌를 기세건만 역시 무너질 뿐이네.
세 입 부 운 역 시 붕

一種青山秋草裏　　가을 풀 속에 푸른 산과 한 모양이거늘,
일 종 청 산 추 초 리

路人唯拜漢文陵　　길손 참배는 오직 한 문제 능일 뿐이네.
노 인 유 배 한 문 릉


앞의 두 구는 진시황의 무덤을, 그리고 나머지 두 구는 한나라 문제
(文帝)의 무덤을 이야기하고 있다. '똬리를 튼 용과 웅크린 호랑이'는 진
시황 무덤의 웅장한 기세를 실감나게 비유하고 있다. 자신의 무덤만큼
이나 살아생전 기고만장하였지만, 진시황의 제국은 15년 만에 무너지
고 말았다. "쌤통이다! 저 무덤 역시 콱 무너져버렸으면…" 하는 것이
백성들의 마음이었으리라.

반면, 한 문제의 무덤은 봉분이 없기에 가을 풀 속에 묻혀 산의 일부
가 되어버렸다. 그러나 후인들은 그 보잘것없는 무덤을 누구나 빠짐
없이 참배한다. 한나라 400년 왕조의 초석을 다진 태평성대 '문경지
치(文景之治)'를 열었기 때문이다.

사마천(司馬遷)《사기史記》의 기록에 의하면, 진시황은 천하통일 이전
진나라 왕으로 즉위한 이래 죽기 직전까지 27년 동안 자신의 무덤을
만드는 데 온 힘을 쏟았다. 무려 70여 만 명을 동원하여 황천까지 파고
들어가 천문과 지리를 갖춘 방대한 지하 궁전을 구축하였다. 당연히 각
종 진기한 기물로 가득 채웠을 뿐만 아니라, 자식이 없는 후궁들을 모
두 순장(殉葬)하였다. 끝으로 도굴을 방지하기 위해 무덤을 만들었던 기
술자들을 산 채로 함께 묻어버렸다. 그런 다음 거대한 봉분을 쌓고, 그
위에는 초목을 빽빽하게 심었다. 어느 날 난데없이 산 하나가 불쑥 솟
아난 셈이다.

한 문제 역시 자신의 무덤인 패릉(霸陵)을 조성하였지만, 진시황과는 너무나 다른 모습이었다. 우선 무덤에 필요한 기물은 토기(土器)로 국한하고, 금은 같은 금속으로 장식하는 것을 일절 금하며, 높은 봉분도 만들지 말라는 가이드라인을 제시하였다. 그러다가 실제로 죽음을 앞두자 거듭 유언하였다. 패릉이 들어설 산천(山川)은 원래 면모를 고스란히 따르고 절대 손대지 말 것이며, 또한 천하 만민은 삼일 뒤에 곧장 상복을 벗게 하고, 결혼하고 잔치하는 것을 금지하지 말라고 못 박았던 것이다. 자신을 시중들던 여인들은 순장하지 않고 친정으로 되돌려 보냈음은 말할 나위가 없다.

진시황은 열국(列國)을 멸망시킬 때마다 그 나라의 궁궐을 부숴버리고, 그걸 본 뜬 궁궐을 자신의 수도에 하나씩 하나씩 재건축하였거니와, 천하를 통일하자 그것도 부족하여 마침내 그 유명한 아방궁(阿房宮)을 지었다. 훗날 항우(項羽)가 그 궁궐에 불을 지르자 불길이 석 달 동안 이어졌다고 하니 그 어마어마한 규모를 짐작해볼 수 있겠다.

반면, 문제는 재위 23년 동안 물려받은 것 이외에 궁실·원림·구마(狗馬)·복식 등 어느 것 하나도 새로 늘리지 않았고, 대신 백성들의 불편이라면 찾아서 곧장 해결해주었다. 자신은 평소 거친 베옷을 입었고, 자신이 그토록 총애하던 신부인(愼夫人)마저도 땅을 끌 정도의 긴 치마를 입지 못하게 하였다고 한다. 백성들의 부담을 조금이라도 덜어주고자 그는 몸소 검약을 그토록 강조하고 실천하였으리라. 한 마디로 그의 삶은, 그가 평소 즐겨하던 말을 빌리자면, '선민후기(先民後己)' 그 자체였다. 생전에도 사후에도 그는 언제나 백성을 먼저 생각하고 자신을 뒤로 하였던 것이다.

시원하면서도 싸늘한 가을바람이 불어오는 계절, 나는 훌쩍 여행을 떠나고 싶다. 가을 풀 속에 묻혀 그대로 청산이 되어버린 제왕의 무덤, 그 패릉이 보고 싶은 것이다. '선민후기'의 지도자를 그리워하는 이가 어찌 이웃 나라 옛사람뿐이겠는가! 시인묵객이 아니더라도 좋다. 우리 모두 이번 가을에는 여행을 떠나보자. 봉분 없는 왕릉을 찾아서 말이다.

# 크고 멋진 꿈을 꾸고 싶을 때

추분이 지난 지 어느새 열흘이 되어간다. 열흘만큼 낮은 짧아지고 밤이 길어졌으리라. 하지만 밤이 길어질 대로 길어지면 다시 낮은 길어지겠지. 만약 밤만 있거나 낮만 있다면 어떻게 될까? 《열자列子》라는 책을 따라 흥미로운 상상력을 펼쳐보자.

서쪽 끝 남쪽 구석에는 고망(古莽)이란 나라가 있는데, 해와 달이 비치지 않기에 그곳 사람들은 거의 먹지도 않고 입지도 않으며 그저 잠만 잔다. 그래서 그들은 밤에 꾸는 꿈을 현실로 받아들인다고 한다. 무료하다.

한편, 동쪽 끝 북쪽 구석에는 부락(阜落)이라는 나라가 있는데, 해와 달이 져도 여광(餘光)이 언제나 비치기에 그곳 사람들은 늘 깨어 있고 자지 않는다. 그래서 그들은 움직이는 것을 중시할 뿐 올바름 따위는 생각하지 않는다고 한다. 살벌하다.

반면, 사해 한복판에 중앙(中央)이란 나라가 있는데, 밤과 낮이 반반이라 그곳 사람들은 깨어 있기도 하고 꿈도 꾼다. 그래서 그들은 재주가 넘치고 온갖 일을 다해낸다고 한다. 생기가 넘친다.

우리의 삶에서 깨어 있는 낮만큼 꿈꾸는 밤도 중요하다. 하물며 밤이 길어져 가는 요즘임에랴. 《열자》는 이어서 재미있는 일화를 들려준다.

옛날 윤씨라는 대단한 부자가 있었는데, 그는 밤낮으로 일꾼들을 마구 부려먹었다. 그리하여 한 일꾼은 낮에는 힘들게 일하고, 밤이면 지쳐 쓰러져 잠이 들곤 하였다. 밤마다 그는 임금이 되어 정사를 마음대로 다스리며 마음껏 잔치하고 즐겁게 노는 꿈을 꾸었다. 누군가가 그를 위로하려 하자 그는 답변하였다.

"인생 백 년에 밤과 낮이 각각 반반인데, 나는 낮에는 하인이 되어 실컷 고생하지만, 밤에는 한 나라의 임금이 되어 즐거움을 누리니 원망할 것이 없습니다."

한편, 주인 윤씨는 재산을 불리려는 욕심에 심신이 피곤하여 밤이면 역시 지쳐서 잠이 드는데, 밤마다 노비가 되어 온갖 고초를 겪는 꿈을 꾸었다. 날이 샐 때까지 끙끙 앓아대자 친구가 조언했다.

"자네는 남을 압도하는 지위와 자산을 갖고 있네. 고로 밤에 하인이 되어서 괴로움을 겪는 것이 정상적인 것이라네. 깨어 있을 때나 꿈꿀 때나 모두 편안함을 누릴 수는 없다네."

윤씨가 이 말을 듣고 일꾼들의 일을 줄이고 가업에 대한 신경을 덜자, 일꾼도 윤씨도 모두 힘든 것이 퍽 호전되었다.

물질적 향유를 지상 가치로 삼는 우리 범인(凡人)들이 귀담아들을 얘기이다. 사실 꿈은 허망한 것이 아니다. 평소의 생각과 행동이 꿈으로 나타나기 때문이다. 그러므로 비범한 사람은 꿈도 비범한 법이다.

시성(詩聖) 이백(李白)은 붓 끝에서 꽃이 피어나는 꿈을 꾼 뒤에 천하에 명성을 떨치게 되었다. 얼마나 작시(作詩)에 몰두하였으면 그런 꿈을 꾸었겠는가?

만세사표(萬世師表) 공자(孔子)는 꿈에 주공(周公)이 보이지 않는다고 장 탄식할 정도로 그를 꿈꾸었다. 주공처럼 치국(治國) 평천하(平天下)하기를 갈망하였던 소치이리라.

남화진인(南華眞人) 장자(莊子)는 꿈속에서 나비가 되어 유유자적 날아다 녔다. 인간과 대자연의 관계에 대한 깊은 사색이 호접몽(胡蝶夢)으로 이어졌던 것이다.

이처럼 위인의 꿈은 범인의 꿈과는 다르다. 그 꿈은 바로 그의 인생 이상이자 실천의 투영이기 때문이다.

하루가 다르게 밤은 길어져 가는데, 이 시대 우리는 무슨 꿈을 꾸고 있는가? 위인들의 꿈은 못 될지언정 윤씨의 악몽은 꿀 일이 아니다. 밤이 길어지면 가을도 깊어가고 겨울이 올 터이다. 동양화에서는 계절에 따라 산의 느낌이 달라진다고 한다.

조촐하고 예쁜 봄 산은 미소 짓는 듯하니, 여소(如笑)!
짙푸른 여름 산은 땀이 뚝뚝 떨어지는 듯하니, 여적(如滴)!
맑고 깨끗한 가을 산은 단장하는 듯하니, 여장(如粧)!
어두침침한 겨울 산은 잠자는 듯하니, 여수(如睡)!

동지섣달 기나긴 밤에 크고 멋진 꿈을 꾸기 위해 이번 가을에는 몸과 마음을 곱게 단장해 볼 일이다. 참! 명나라 화가 동기창(董其昌)이 말했지. 독만권서(讀萬卷書) 즉 만 권의 책을 읽고, 행만리로(行萬里路) 즉 만 리의 길을 걸으면, 속진(俗塵)이 말끔히 씻겨서 그림이 기운생동(氣韻生動)하게 된다고.

꿈도 그러하리라. 이 가을 많이 걷고 많이 읽어야겠다. 기운생동 하는 멋진 꿈을 꾸기 위하여.

# 모순과 부조리에 직면했을 때

"터전을 왜 태워? 오히려 닦고 다져야 하는 게 아니야?"

"그야 새 터전을 닦고 다지기 위해 태우는 게지."

2014년 광주비엔날레 〈터전을 불태우라〉를 관람하고 나오면서 나누었던 대화이다. 이번 전시회는 다음과 같이 슬로건을 내걸었다고 한다.

주변 모두를 불태우는 파괴, 혹은 스스로의 터전을 불사르는 자기 파괴의 양상을 통하여 새로움에 대한 전망과 변화에의 희망을 돌아본다.

결국 새로운 터전을 닦자는 얘기인데, 이를 뒤집어서 불태우라고 하고 있으니 반어(irony)요 역설(paradox)이다. 반어는 반대의 표현을 써서 드러내고자 하는 진실을 성공적으로 나타내는 표현 기법이고, 역설은 얼핏 자기 모순적이고 부조리한 말로써 진실을 전달하는 화법이다. 어느 것이든지 진정성이 담긴 진실을 전달한다는 점에서 거짓말이나 억지와는 근본적으로 차원을 달리한다.

중국 전국시대 초나라의 어릿광대 우맹(優孟)은 반어와 역설의 대가였다. 우맹이 모시던 왕은 자신의 말을 너무너무 사랑한 나머지 비단옷을 입히고, 웅장한 집의 침대 위에서 재우며, 꿀에 재인 대추를 먹였다. 그렇게 애지중지한 '덕분'에 애마는 비만 병에 걸려 죽고 말았다. 대부(大夫)의 예를 갖추어 성대하게 장례를 치르라고 왕이 명령하자 반대 의견이 비등했다. 왕은 단호하게 대처했다.

"누구든지 이견을 제기하는 자는 사형에 처한다!"

쥐 죽은 듯한 정적이 흐르자 우맹이 나섰다. 그는 대궐이 떠나가라고 한바탕 곡을 한 뒤 왕을 나무랐다.

"겨우 대부입니까? 마땅히 국왕의 예로써 하십시오. 옥과 무늬목으로 널과 관을 만들고, 군대를 동원하여 무덤을 파도록 시키며…, 사람보다도 말을 귀하게 여기는 성정(聖情)을 만민이 알게 하십시오."

껄껄 왕이 웃으며 잘못을 시인했다.

"그러면 어찌해야 좋을꼬?"

"부뚜막과 가마솥을 관과 널로 삼고, 생강과 대추로 부장품을 삼으며…, 사람의 배 속에 장례 지내게 하옵소서."

당연히 우맹의 뜻은 가축은 가축답게 처리하라는 것이었으나 그는 먼저 일부러 뒤집어 반어로써 말하였던 것이다. 그럼에도 그것이 거짓말이 아닌 이유는, 개인의 애호 때문에 사람을 괴롭히는 짓 따위를 해서는 안 된다는 자명한 이치를 담고 있었기 때문이다.

당시 재상이던 손숙오(孫叔敖)는 이러한 우맹을 매우 아꼈다. 중국 역대 최고의 재상 가운데 한 사람으로 꼽히는 손숙오가 세상을 떠나기 직전에 자식들에게 말했다.

"훗날 어려운 일이 있거든 우맹을 찾아뵈라."

명실상부한 청백리였던 '덕분'에 그의 자식들은 얼마 후 넝마를 걸치고 땔나무를 져야 하는 신세가 되고 말았다. 이 사실을 알게 된 우맹이 이번에도 작정하고 나섰다. 우맹은 1년 남짓 손숙오의 복장을 하고 그의 일거수일투족을 흉내 내면서 모노드라마를 기획했다. 마침내 가족조차도 착각할 정도로 닮게 되자 우맹은 기회를 엿보았다. 어느 날 궁궐에서 잔치가 열렸다. 얼큰해진 왕에게 나아가 우맹이 술잔을 올렸다. 아니, 손숙오가 갑자기 출현한 것이다. 왕이 깜짝 놀라 반겼다.

"아니, 공께서 살아계셨구려. 부디 다시 나의 재상이 되어주시구려."

"잠깐만요, 집에 가서 마누라와 상의해보겠습니다."

"어찌 되셨소?"

"절대 하지 말랍니다. 만약 재상을 맡는다면 차라리 죽어버리겠답니다."

"아니, 왜요?"

그러자 우맹은 대답 대신 〈강강가忼慷歌〉를 불렀다.

| | |
|---|---|
| 貪吏而不可爲而可爲<br><sub>탐 리 이 불 가 위 이 가 위</sub> | 탐관이니 해선 안 되나 해야 한다네. |
| 廉吏而可爲而不可爲<br><sub>겸 리 이 가 위 이 불 가 위</sub> | 청관이니 해야 하나 해선 안 된다네. |
| 貪吏而不可爲者<br><sub>탐 리 이 불 가 위 자</sub> | 탐관오리이니 해선 안 됨은, |
| 當時有汙名<br><sub>당 시 유 오 명</sub> | 당장 오명이 나기 때문이지. |

| | |
|---|---|
| 而可爲者<br><small>이 가 위 자</small> | 그러나 해야 함은, |
| 子孫以家成<br><small>자 손 이 가 성</small> | 자손이 그로써 살림을 이루기 때문이지. |
| 廉吏而可爲者<br><small>겸 리 이 가 위 자</small> | 청백리니 해야 함은, |
| 當時有淸名<br><small>당 시 유 청 명</small> | 당장 청명이 나기 때문이지. |
| 而不可爲者<br><small>이 불 가 위 자</small> | 그러나 해선 안 됨은, |
| 子孫困窮<br><small>자 손 곤 궁</small> | 자손이 곤궁해지기 때문이지. |
| 被褐而負薪<br><small>피 갈 이 부 신</small> | 거친 베 걸치고 땔나무 진다네. |
| 貪吏常苦富<br><small>탐 리 상 고 부</small> | 탐관은 늘 부유하여 괴롭고, |
| 廉吏常苦貧<br><small>겸 리 상 고 빈</small> | 청관은 늘 가난하여 괴롭네. |
| 獨不見楚相孫叔敖<br><small>독 불 견 초 상 손 숙 오</small> | 홀로 못 보았소. 초 재상 손숙오 꼴을. |
| 廉潔不受錢<br><small>염 결 불 수 전</small> | 청렴하여 돈 한 푼 받지 않더니만. |

"탐관이니 해선 안 된다"와 "탐관이니 해야 한다", 그리고 "청관이니 해야 한다"와 "청관이니 해선 안 된다"는 양립할 수 없는 모순이지만 엄연한 진실이다. 그 진실은 무엇인가? 탐관은 늘 부유해서 너무 괴롭고, 청관은 늘 가난해서 너무 괴로운 현실이 바로 진실인 것이다. 이처럼 모순적이고 부조리한 진실을 효과적으로 드러내고 치유하는 장치가 바로 역설이다. 다만 역설이 힘을 발휘하기 위해서는 화자의 진정성이 전제되어야 함은 새삼 말할 나위가 없다.

이번 광주비엔날레는 그 도전적인 주제만큼 강렬한 인상과 신선한 충격을 주고 있다. 물론 새로운 터전이 무엇이냐에 대한 '미술'적인 성찰이 미약하고, 집이나 불(파괴)을 표방하는 시각적인 장치가 지나치다는 지적도 있다고 한다. 하지만 반어와 역설이 담고 있는 진실과 전망을 찾는 일은 궁극적으로 '우리' 모두의 몫이다.

# 거울을 통해 자신을 성찰할 때

자주 접하다 보면 애당초 그토록 눈에 거슬렸던 일에도 너그러워지는 법인가 보다. 요즘은 학생들이 수업 시간에 살짝 스마트폰을 들여다보거나 문자를 보내더라도 못 본 체한다. 아예 스마트폰으로 인터넷 검색을 부탁하는 경우마저 있다. 이제는 '생필품'이려니 여기는 것이다. 이왕이면 남 못지않은 물건을 갖고 싶은 마음이 어디 우리 시대뿐이겠는가? 까마득한 구석기 시대에는 잘 떼진 돌도끼 하나면 우쭐댔을 것이고, 신석기 시대에는 잘 간 돌칼 하나면 의기양양했으리라. 청동기 시대에는 잘 주조된 청동대야나 거울이면 누구보다도 행복했으리라.

하지만 스마트폰 문제는 그렇게 간단히 치부하고 넘어갈 사안이 아닌가 싶다. 미래창조과학부의 〈2012 인터넷 중독 실태조사〉에 따르면, 전체적으로 스마트폰 이용자들은 하루 평균 4시간씩 사용하고 있으며, 중독자는 그 시간이 무려 7.3시간에 달하는데, 10대 청소년이 중독될 가능성이 가장 높아 그 비율이 거의 20퍼센트에 육박한다고 한다. 최근 수강생들에게 스마트폰 사용 실태에 대해 물어본 적이 있다. 당연히 전원이 스마트폰을 소지하고 있고, 과반수가 2년마다 약정이 끝나자마자 새것으로 바꾸며, 심지어 상당수는 그 이전에 교환한다고 답변하였다. 이쯤 되면 스마트폰을 이용하는 것이 아니라, 그것에 얽매여 사는 셈이라 하겠다. 소동파(蘇東坡)의 표현을 빌리자면, "유어물지내(遊於物之內)" 즉 사물의 안에 갇혀 놀고 있는 것이다.

안에 갇혀서 보면 아무리 작은 사물일지라도 높고 크게 보이고, 그것이 우리를 위에서 군림하면 우리는 판단력을 잃고 휘둘리게 된다고 소동파는 〈초연대기超然臺記〉에서 경고한다. 따라서 "유어물지외(遊於物之外)" 즉 사물의 밖에서 자유롭게 노닐기를 권면한다. 실제로 모든 사물은 볼 만한 것이 있거니와, 진실로 볼 만한 것이 있다면 모두 즐길 만한 것이 있을 터이니, 반드시 괴기하고 화려한 것일 필요가 없다는 생각이다. 술지개미를 먹고 박주를 마셔도 취하긴 마찬가지이고, 과일과 푸성귀로도 배부른 법이므로 특정 사물에 얽매이지 않고 그 밖에서 노닐 때 참된 즐거움을 획득하게 된다고 그는 일깨워주고 있다. 유가와 도가 그리고 불교를 두루 섭렵한, 높은 정신세계에서 유유자적하던 문화 거장다운 말씀이다.

물론 현대를 살고 있는 우리가 문명의 이기를 일부러 외면하고 소동파처럼 초연하게 살아야 한다고 주장할 생각은 추호도 없다. 다만 분명한 것은 사물의 안에 갇혀 노는 한심한 짓만은 범하지 말아야 한다는 점이다. 사물의 안과 밖을 자유롭게 넘나들 수는 없을까? 상(商)의 탕왕(湯王)은 그런 마음을 청동 세숫대야에 다음과 같이 새겨 넣었다.

苟日新　진실로 날로 새로워져라.
구 일 신

日日新　나날이 새로워져라.
일 일 신

又日新　다시 날로 새로워져라.
우 일 신

〈탕반명(湯盤銘)〉이라 불리는 명(銘)이다. 명은 원래 청동 기물에 새겨 넣는 글귀로, 누군가의 공적을 찬양하거나 사물의 내력을 적는 문체인데, 이처럼 종종 마음에 새기어 교훈으로 삼고자 하는 내용을 내포한다. 탕왕은 매일 세수하듯이 무엇인가를 새롭게 하고자 하였다. 그가 새롭게 하고자고 명심(銘心)하였던 것은 무엇이었을까? 다시 주(周) 무왕(武王)의 〈관반명(盥盤銘)〉을 보자.

與其溺於人也　사람에 빠지기보다는,
여 기 닉 어 인 야

寧溺於淵　차라리 연못에 빠져라.
영 닉 어 연

溺於淵猶可遊也　연못에 빠지면 그래도 헤엄칠 수 있지만,
익 어 연 유 가 유 야

溺於人不可救也　사람에 빠지면 살려낼 수 없기 때문이라.
익 어 인 불 가 구 야

세숫대야로 얼굴을 씻는 것은 용모를 가꾸는 첫걸음이다. 사람은 누군가를 마음에 두고 있으면 세수도 지극정성으로 하게 된다. 그래서 세수를 할 때마다 특정인에게 쏠리는 사심(私心)이 생겨나지 않도록 다짐하고 있다. 상고 시대 청동은 황금과 맞먹을 정도로 비싼 물건이었다. 그러나 무왕은 아랑곳하지 않는다. 그것은 얼굴을 씻는 물건에 불과할 뿐이다.

어디 그뿐이랴! 얼굴을 씻는 것도 도구일 뿐, 정말 씻어 새롭게 해야 할 것은 바로 공인(公人)으로서의 마음가짐이라고 여기고 있다. 세숫대 야에 비친 자신의 얼굴을 보고, 다시 빠져나와 자신의 마음을 보는 것이야말로, 사물의 안과 밖을 넘나듦이리라.

무왕은 거울에도 두 편의 명문을 새겨 넣었다. 하나는 〈감명鑑銘〉 이다.

見爾前　　너의 앞을 보았으니,
견 이 전

慮爾後　　너의 뒤를 생각하라.
여 이 후

또 하나는 〈경명鏡銘〉이다.

以鏡自照　거울로 나를 비추면,
이 경 자 조

見形容　　모습이 보이리라.
견 형 용

以人自照　사람으로 날 비추면,
이 인 자 조

見吉凶　　길흉이 보이리라
견 길 흉

앞서 지적하였듯이, 청동은 황금처럼 귀한 것이므로 청동 거울은 요즘 흔한 거울과 비할 바가 아니다. 무왕에게도 거울은 귀중품이었을 터이나, 그는 거울과 일정한 거리를 두고자 노력하고 있다. 왜냐하면 거울은 외형만 비추어주고, 내면은 보여주지 못한다는 사실을 너무나 잘 알고 있기 때문이다. 그래서 거울 안을 들여다보면서도, 거울 밖으로 나와 거울을 들여다보고 있는 자신을 성찰하는 일을 잊지 않았던 것이다.

경쟁적으로 새로운 기종의 스마트폰을 구입하고, 거의 종일 이것을 들여다보고 있는 청소년들의 작태는 분명 우려스러운 일이지만, 그렇다고 그들만 탓할 일은 아니다. 명품이라면 사족을 못 쓰는 이른바 '명품족'과 이를 부추기는 사회를 먼저 되짚어볼 때이다. 명품이기에 좋아하는 것이 아니라 내가 즐기므로 명품이 된다는 식의 당당함을 이제는 기성세대가 솔선수범하여 보여주어야 한다.

부화(浮華)한 잎과 꽃을 떨쳐내고 실박(實樸)한 열매를 맺는 계절, 가을! 우리 모두 한 번쯤 자신을 돌아다보았으면 좋겠다.

# '우리'의 크기를 돌아봐야 할 때

대선은 언제나 장안의 화제가 된다. 신문과 텔레비전은 물론이거니와 온라인과 오프라인에서도 역시 대선 후보자의 일거수일투족이 초미의 관심을 끌게 마련이다. 우리의 미래를 좌지우지할 우리의 수장을 뽑는 일이니 그럴 만하다. 그러므로 뽑는 사람이나 뽑히고 싶은 사람이나 '우리'라는 말을 되새겨보아야 할 것 같다. 왜냐하면 우리나라만큼 '우리'라는 말을 즐겨 쓰는 나라가 없고, 여기에 우리의 은밀한 진면목의 일단이 내재되어 있기 때문이다.

일반적으로 개인과 개성을 중시하는 서양과 달리 동양 사회에서는 집단과 양식(良識)을 중시한다고 알려지고 있다. 다시 말해 서양 사회가 '나'를 중시한다면, 동양 사회는 '우리'를 우선시한다는 의미일 것이다. 그런데 동양의 여러 나라 가운데서도 우리나라는 특히 유별나다.

'우리'라는 단어 자체가 그렇다. 가까운 이웃 나라와 비교해 보자. 중국어로 '나'는 '워(我)'이고 '우리'는 '워먼(我們)'이며, 일본어의 경우

'나'는 '와타시(ゎたし)'이고 '우리'는 '와타시타치(ゎたしたち)'이다. 중국과 일본은 '나'라는 말(我와 ゎたし)에 복수를 나타내는 어미(們과 たち)가 더해져 '우리'라는 말이 되고 있다. 마치 우리말에서 '너'와 '그'의 복수형이 '너희'와 '그들'인 것과 마찬가지이다. 그런데 우리말에서 '나'의 복수형은 '나희'나 '나들'이 아니고 유별나게 '우리'이다. 게다가 그 용법마저 유별나서 '우리 마누라', '우리 신랑', '우리 각시'처럼 분명 '나'를 지칭하는 경우에도 '우리'라는 말을 천연덕스럽게 쓴다. 아마 세상 천지에 마누라를 '우리' 것으로 공유하는 곳은 없을 것이다. 원시 모계사회가 아니고서야. 아무튼 우리가 즐겨 쓰는 '우리'는 유별난 말임에 분명하다. 아마도 '울', '울타리'를 의미하는 '우리'와 통하기에 나를 중심으로 하는 일정한 범주를 강하게 지시하는 것으로 보인다.

"우리가 남이가?"

한때 사람들의 입방아에 올라 풍미했던 유행어이지만, 불미스런 사건을 떨쳐내고 보면 결코 잘못된 말이 아니다. '우리'는 당연히 '남'이 아니라 '나'의 확장이기 때문이다. 문제는 '우리'가 얼마만큼 하느냐에 달려 있다.

옛날 중국의 제자백가 가운데 양주(楊朱)라는 사람은 "세상을 구할 수 있더라도 나의 털 하나도 뽑을 수 없다"라고 하여 '일모불발(一毛不拔)'을 주장한 반면, 묵자(墨子)는 "모든 인간을 차별하지 말고 똑같이 사랑하자"라고 하는 '겸애(兼愛)'를 내세웠다고 한다.

양주는 '나'밖에 없고, 묵자는 '우리'밖에 없어. 한 사람은 너무 작아 이기적이고, 한 사람은 너무 커서 비현실적이다. 그렇다면 21세기 대한민국에 살고 있는 우리의 '우리'는 얼마나 큰 것일까?

사실 크기 자체만이 중요한 것도 아니다. 정말 더 요긴한 것은 구체적인 사안에 따라 그 크기를 걸맞게 조절할 수 있는 능력 또는 유연한 태도이기 때문이다. 가령 대통령을 뽑고자 할 때 '우리'는 대한민국 '국민'이어야 하고, 지방자치 단체장을 뽑을 때 '우리'는 그 지역의 '주민'이어야 한다. 가문의 대사를 결정할 때 '우리'는 '가족'이어야 하고, '우리 마누라'라고 할 때 '우리'는 올바른 '나'여야 한다. 조선의 선비들이 금과옥조로 삼았던 수신(修身)·제가(齊家)·치국(治國)·평천하(平天下)가 바로 '우리'의 유연한 확장 과정을 적시해주고 있듯이, 뽑는 사람이나 뽑히고자 하는 사람이 꼭 되새겨볼 말이 '우리'이다. 그래서 후보자와 유권자 모두에게 꼭 묻고 싶다.

"당신의 '우리'는 얼마만큼 큰가요?"

# 동방의 군자국이라는 이향상이 그리울 때

캠퍼스를 걷노라면 지난 7월에 피었던 무궁화가 아직도 피어 있는 것을 보곤 한다. 네 차례의 태풍, 기나긴 무더위, 시도 때도 없는 폭우 등 유례가 없는 이상 날씨에도 불구하고 꿋꿋이 피어 있는 것이다. 무언가 말하고 싶은 것이라도 있듯이 말이다. 그러나 눈길을 주는 사람은 많지 않다. 왜냐하면 주차장 울타리에 싹둑 잘린 채 줄지어 서 있거나, 인적 드문 후미진 길가에 팽개치듯이 심어져 있기 때문이다. 그런 무궁화를 보고 있노라면, 중국의 성인 공자가 그토록 가고 싶어 했던 잃어버린 한반도의 옛 모습이 불현듯 떠오른다.

고대 중국에서는 중국의 동방 어딘가에 군자국이라는 이상향이 있다는 믿음이 널리 퍼져 있었다. 중국의 대표적인 신화학자 위앤커(袁珂)는 《산해경山海經》과 《박물지博物志》 등의 고문헌에 의거하여 그 믿음 속의 이상향을 다음과 같이 복원하고 있다.

1. 동방의 군자국은 장수국 가운데 하나로, 여기 사람들은 모두 수명이 매우 길다.
2. 나라 안에 무궁화가 많은데, 사람들은 그 꽃을 쪄서 일상 식품으로 즐겨 먹는다.
3. 무궁화 꽃은 아름답지만, 아침에 피었다 저녁이면 시들어버린다.
4. 단명한 무궁화 꽃을 먹음에도 불구하고 인자하기 때문에 그들은 장수한다.
5. 군자국 사람들은 옷과 모자를 단정히 차려 입고 보검을 허리에 차고 다닌다.
6. 모든 사람이 호랑이 두 마리를 하인으로 부리는데, 고양이처럼 온순하다.
7. 모두들 겸양하고 예의 발라 조금도 서로 다투지 않아 어떠한 혼란도 없다.
8. 그래서 공자가 뗏목을 타고 바다를 건너가 살고 싶어 했다.

산신도를 보면 흰 수염의 산신 할아버지 곁에는 언제나 호랑이가 고양이처럼 얌전히 앉아 있다. 이 호랑이와 더불어 무궁화가 우리 한반도를 상징한다는 사실은 긴 설명이 굳이 필요하지 않다. 고대 한반도의 모습이 눈앞에 선하게 펼쳐지는 느낌이 든다.

다만 한 가지 지적할 점은 위앤커의 무궁화에 대한 오해이다. 무궁화는 개별 송이의 경우 아침에 피었다 저녁이면 시들고 만다. 그런 점에서 단명하다는 위앤커의 설명은 옳다. 그러나 무궁화는 나무 전체로 보면 7월에 개화하여 9월 너머까지 100일 넘게 피는 꽃이다. 그래서

'무궁' 즉 '다함이 없는' 꽃이라 하는 것이다. 따라서 무궁화 꽃을 "먹음에도 불구하고"가 아니라 "먹기 때문에" 장수한다고 봄이 옳다. 그렇다. 무궁화는 내일 필 꽃을 위해 오늘 핀 꽃이 주저하지 않고 시들어 떨어지기 때문에 100일 넘게 필 수 있는 것이다. 무궁화야말로 겸양하고 배려하는 군자의 모습 그 자체가 아니고 무엇이겠는가? 유유상종(類類相從) 인자한 군자가 인자한 군자의 꽃을 먹으니 장수함이 당연하지 않겠는가?

조선시대 저명한 학자이자 문인인 이수광(李睟光)이 동방의 무궁화 나라 군자국이 바로 아국(我國)이거늘 이제 그 기풍은 간 데 없다고 일찍이 개탄한 바 있지만, 후미진 곳에 피어 있는 무궁화를 보노라면 나 역시 절로 넋두리를 하게 된다. 인자한 군자가 없기 때문에 무궁화가 천대를 받는 건지, 무궁화를 천대하기에 인자한 군자가 없게 되었는지 모를 일이지만, 아무튼 올해도 무궁화는 피어 있다. 후미진 구석에. 꿋꿋이. 어릴 적 놀이가 생각난다.

무궁화 꽃이 피었습니다!

# 내리사랑과 치사랑을 깨달을 때

민족 최대 명절인 추석이 막 지났다. 나에게 명절은 멀리 계신 노모를 모처럼 찾아뵙는 연례행사이다. 여든을 넘기신 어머니를 뵐 때마다 공자의 말이 늘 생각난다.

부모의 연세는 몰라서는 안 된다. 한편으로 이를 기뻐하고 한편으로 이를 두려워해야 한다(父母之年, 不可不知也. 一則以喜, 一則以懼).

— 《논어》·〈이인里仁〉

연세가 드심은 천수를 누리는 것이니 기뻐해야 할 일이나 그만큼 쇠약해져 천수(天壽)가 줄어드니 두려워해야 할 일이라는 의미이다. 지난 한 세월을 견뎌 오신 부모님 세대가 대부분 그렇겠지만 어머니의 경우는 유독 심해서 편찮으신 날이 편한 날보다 많으시다. 그래서인지 이런 말씀을 입에 달고 사신다.

"어서 죽어야지. 자식들에게 짐만 되지, 어디 쓸 데가 있어야지."

들을 때마다 답변이 궁하다.

"아버지가 일찍 작고하셨으니 어머니라도 장수하셔야 자식들도 오래 살 거라고 자신감을 갖지요."

이렇게 서둘러 답해보지만, 당신의 '고려장 콤플렉스'를 떨쳐드렸는지 도무지 자신이 없다.

요즘 들어 "고려장은 없었다"는 내용의 책이나 글들을 쉽게 접하게 된다. '고려장'은 일제의 악의적인 왜곡으로 역사적인 근거가 전무하다는 식의 내용이지만, 다 본질을 벗어난 부질없는 장광설일 뿐이다. 설화는 설화일 따름이다. 설화에서 중요한 것은 '사실' 여부가 아니라 그것의 함의 즉 삶의 '도리'이다. 기로(棄老) 설화라고도 불리는 고려장 설화 중 하나를 보자.

한 관리가 늙은 어머니를 산에 버리려 가는데, 어머니는 아들이 돌아가는 길을 잃을까 봐 가지를 꺾어 표시했다. 관리는 잘못을 깨닫고 어머니를 다시 집으로 모시고 왔다.

여기서 정작 우리가 읽어내야 할 것은 어머니의 마음이다. 사실 부모의 마음을 깨닫는 것이야말로 인간과 동물의 차별점이라는 사실을 설화는 이야기하고 있는 것이다.

반포지효(反哺之孝)라는 성어를 들어 동물도 효도한다고 주장하는 사람이 있을는지 모른다. 까마귀는 부화한 지 60일 동안은 어미가 새끼에게 먹이를 물어다주지만, 이후 새끼가 다 자라면 먹이 사냥에 힘이 부친 어미를 먹여 살린다는 속설에서 비롯된 말이나, 실제로는 어림도 없는 허튼소리다. 어미가 하도 잘 먹여서 어미보다 더 크게 자란 새끼를 어미로 착각했을 뿐이다. 동물적 본능에 의하면, 사랑은 물처럼 아래로 내려갈 따름이지 결코 위로 올라가지 않는 법이다.

그러나 물에 불을 가하여 증기로 만들면, 물을 위로 올라가게 할 수 있다. 그렇듯 인간은 내려가던 사랑을 위로 올라가게 만드는 유일한 생명체이다. 증기가 산업혁명의 원동력이 되었듯이, 치사랑이 바로 인류 문화의 원동력이라고 한다면 지나친 비약일까? 사실 조금만 곰곰이 생각해보면 그리 틀린 말도 아닐 성싶다. 문화의 본질이 앞 세대의 성취를 존중하고 계승하는 데 있다면, 그 출발점이 바로 치사랑이기 때문이다. 태초에 불을 발견하면서 인류가 동물과 갈라섰듯이, 치사랑을 실천하면서 인간은 '인간'이 되었음에 분명하다. 그러므로 다음과 같이 말할 수 있을 것이다.

자식을 돌보지 않는 사람은 짐승만도 못한 놈이고, 자기 자식만을 아는 사람은 짐승과 똑같은 자이다. 부모를 모실 줄 알 때 사람은 비로소 '인간'이 된다. 예로부터 그토록 효를 강조한 이유가 여기에 있으리라.

얼마 전 일본의 101세 여류시인 시바타 도요가 아무런 고통 없이 정말 평화롭게 세상을 떠났다고 한다. 아들의 권유로 92세에 시를 쓰기 시작하여 98세에 첫 시집 《약해지지 마》를 냈는데, 당당하게 베스트셀러가 되었다. 할머니 시인은 이렇게 노래했다.

있잖아, 불행하다

한숨짓지 마

햇살과 산들바람은

한쪽 편만 들지 않아

꿈은

평등하게 꿀 수 있는 거야

나도 괴로운 일

많았지만

살아 있어 좋았어

너도 약해지지 마

　

참으로 부럽다. 고려장 콤플렉스를 훌훌 떨쳐버린 시인 할머니가 존경스럽다. 또한 그렇게 해드린 아들이 존경스럽고 부럽다. 힘들어 하시는 어머니에게 나는 하던 말을 서둘러 반복한다.

"어머님이 오래 사셔야 해요. 그래야 자식들도 그만큼 살 수 있을 것이라고 자신감을 갖는다니까요!"

이번에는 어머니가 나의 '감언이설'에 환하게 웃으신다.

"정말 그러냐? 그럼 좀 더 살아 보마."

나의 치사랑은 어머니의 내리사랑을 따라가려면 한참 멀었나 보다. 아직도 내가 중심이니까 말이다.

# 좋은 죽음을 알고 싶을 때

환절기 탓인지 나이 탓인지 문상 갈 일이 잦아진다. 말이 문상이지 상가에 가는 경우는 거의 없고 의례 장례식장을 찾아 가게 된다. 요즘 장례식장은 예전의 상가에 비하면 정갈하고 편리하지만, 종종 낯선 느낌이 들곤 한다. 망자를 위한 공간인지 산 자를 위한 자리인지 하는 의아심이 드는 것이다. 어릴 적 새벽녘에 구급차 사이렌 소리가 들리면, 부모님은 이렇게 말씀하셨다. "아이고, 건넛집 어르신네가 가망이 없으신가 보다. 집으로 모시게. 쯧쯧."

입원하고 있다가도 살던 집으로 돌아가 운명을 맞는 게 우리의 전통이었다. 객사(客死)는 생각만 해도 끔직한 일이기에, "나가 죽어라"는 말은 무엇보다도 큰 욕이자 저주였다. 이젠 세상이 변해서 병원에서 죽고 장례식장에서 세상을 떠나는 게 너무나 당연한 일이 되었지만 말이다.

문상을 다녀올 때면 어김없이 돌아가신 아버지가 떠오른다. 재발한 암을 이기지 못하고 아버지는 결국 호스피스 병실에서 돌아가셨고, 또 장례식장에서 '먼 여행'을 떠나셨다. 상가를 차릴 상황이 못 되니 장례식장에 모신 것은 어쩔 수 없다지만, 마지막 삶을 병실에서 '연명'하시게 한 것이 두고두고 후회막급이다. 가시고 싶은 곳을 좀 더 가시도록, 드시고 싶은 것을 좀 더 드시도록 할 수는 없었을까? 한 마디로 나는 아버지를 보내드릴 준비를 전혀 하지 못했던 것이다.

그런 나에게 아버지는 떠나면서까지 큰 선물을 주셨다. 보름 남짓 의식이 혼미한 상태가 지속되었지만, 그날은 좀 달랐다. 한밤중에 몸을 살짝 움직이더니 말씀을 하고 싶으신 듯하였다. 여의치 않으신지 표정이 약간 굳어졌다. 얼른 아버지 손을 잡고 귀에 대고 속삭였다. "어머님을 잘 모시겠습니다. 형제간에 우애하고 열심히 살겠습니다. 안심하시고…." 그러자 아버지는 살포시 미소를 지으시더니 손에 힘을 빼셨다. 너무나 아름답고 평온한 미소였다. 가시는 순간까지 당신은 가족을 걱정하셨던 모양이다. "이렇게 평온하게 가신 분은 처음 봅니다"라는 호스피스 관계자들의 이구동성이 인사치레가 아니었다. 실제로 아버지는 암 말기의 고통을 표출하지 않으셨다. 이 또한 당신의 깊은 배려였으리라.

"호랑이는 죽어 가죽을 남기고, 사람은 죽어 이름을 남긴다."

사람은 누구나 자신의 이름이 영원히 기억되기를 바라는데, 그러기 위해서는 걸맞은 행실이 필요하다. 《좌전左傳》에 의하면, 삼불후(三不朽) 즉 사람에게는 죽어도 썩어 없어지지 않는 것이 세 가지 있다. 가장 좋은 것은 덕을 세우는 입덕(立德)이요, 그 다음은 공을 세우는 입공(立功)이며, 그 다음은 말을 세우는 입언(立言)이다. 정치적으로 '거창한' 치적을 남기는 것이나, 저술가로서 '대단한' 글을 남기는 것은 소수만이 가능한 일일 뿐만 아니라, 그 두 가지도 모두 입덕이 전제되어야 한다. 그렇기에 입덕이 최상이라고 하는 것이다.

아버지는 아주 평범한 가장이셨다. 아니 초라할 정도로 내세울 게 없는 범인(凡人)이셨다. 그러나 '법이 없어도 잘 사실 분'으로 불렸던 아버지의 마지막 미소는 나에게 무엇과 바꿀 수 없는 '불후'의 '입덕'이다. 어디 나만의 느낌이랴? 우리의 선량한 이웃 어르신네들이 다 그러하리라.

영국에서는 5년 전부터 '좋은 죽음(Good Death)'이라는 개념을 만드는 등 국가적인 관심을 쏟은 결과, 마지막 10년 삶의 질이 세계 1위로 꼽히게 되었다고 한다.

좋은 죽음은, 첫째 '익숙한 환경에서', 둘째 '존엄과 존경을 유지한 채', 셋째 '가족 · 친구와 함께', 넷째 '고통 없이' 죽어가는 것으로 정의되었다.

2010년 영국 이코노미스트연구소가 OECD 회원국 30개 나라와 개발도상국 10개 나라를 대상으로 '죽음의 질 지수(Quality of Death Index)'를 조사했는데, 물론 영국이 1위이고, 우리나라는 32위를 차지하였다. OECD 회원국 가운데 우리보다 낮은 등급은 멕시코와 터키밖에 없는데, 효를 중시하는 우리로서는 참으로 충격적인 결과이다.

우리 사회는 요즘 장례식장을 대형화 · 고급화시키고 요양병원도 여기저기 세우고 있지만, 아직 가야 할 길이 멀다. 시설이 아무리 좋아도 그것들이 '산 자의 편리'를 위한 공간인 이상 '죽음의 질'과 '좋은 죽음'이 보장되지 않기 때문이다. 이제는 발상의 전환이 필요하다. '가시는 분의 행복'에 초점을 맞추어야 한다는 의미이다. 우리의 어르신네들이 모두 미소를 지으며 마지막 먼 길을 떠나가시도록.

# 마음과 거리감의 차이가 궁금할 때

말이란 참 미묘한 것이다. 얼핏 비슷하게 보이지만 완전히 상반된 의미를 갖는 경우가 자주 있으니 말이다. '지양(止揚)'과 '지향(指向)'이 그렇고, '방정하다'와 '방정맞다'가 그렇듯이 '지척천리(咫尺千里)'와 '천리지척(千里咫尺)'도 그 대표적인 예에 속한다.

일찍이 중국의 대문호 소식(蘇軾)이 〈하공교(何公橋)〉에서 물의 이해(利害)를 논하면서 물길이 이로우면 천리가 지척이 되나 물이 가로막으면 지척이 천리가 된다고 지적하였듯이, 천리지척과 지척천리는 정반대의 의미이다. 천리지척의 천리와 지척천리의 지척은 물리적 거리이고, 뒤에 오는 지척과 천리는 심리적 거리이다. 전자는 객관적 사실로 인간의 의지와 무관한 반면, 후자는 주관적 인식으로 인간의 의지에 달려 있다. 때문에 인간관계에서 더욱 중요한 것은 당연히 심리적 거리이다.

우리의 옛시조는 그래서 이렇게 읊고 있다.

마음이 지척이면 천리라도 지척이요

마음이 천리면 지척도 천리로다

우리는 각재천리(各在千里)오나 지척인가 하노라.


핵심은 마음이다. 영어권 속담에 "Out of sight, out of mind"라는 말이 있다. "눈에 보이지 않으면 곧 잊힌다"는 뜻이다. 물리적 거리가 멀어지면 심리적 거리도 멀어진다는 인식이 자리 잡고 있다. 시도 때도 없이 입을 맞추고 사랑한다는 말로 존재를 거듭 확인하는 서구적 행동 양태는 어쩌면 잠시라도 떨어지면 마음도 멀어질 거라는 두려움의 소산일지도 모른다.

한편, 한자문화권에서는 이와 대척을 이루는 성어가 있다. '우단사련(藕斷絲連)'이 바로 그것이다. 연뿌리를 손으로 부러뜨려본 경험이 있다면 쉽게 알 수 있듯이, 연뿌리(藕)는 끊어져도(斷) 그 속에 있는 섬유(絲)가 길게 이어진다(連). 그런데 여기서 '연뿌리 우(藕)'는 발음이 같아 '만날 우(偶)' 자를 연상시키고, '실 사(絲)'는 동음의 '생각할 사(思)' 자를 떠올리게 한다. "만남이 단절되어도 그리움은 이어진다"는 뜻이 숨어 있다. 한 마디로 천리지척의 경지를 비유하고 있는 것이다.

견우와 직녀 이야기는 한자문화권에 속하는 아시아 전역에 널리 알려져 있는 설화이다. 역대 문인들도 이에 관하여 수많은 작품을 남겼는데, 특히 소식의 문하생인 진관(秦觀)의 〈작교선鵲橋仙〉이 인구에 회자되고 있다. 그는 견우와 직녀의 사랑을 다음과 같이 칭송하고 있다.


金風玉露一相逢　　가을바람 찬 이슬 속 한 번의 상봉,
금 풍 옥 로 일 상 봉

便勝却人間無數　　인간 속세 수없는 만남보다 낫다네.
변 승 각 인 간 무 수

… 중략 …

兩情若是長久時  우리 둘 그 마음 만약 영원하다면,
양 정 약 시 장 구 시

又豈在朝朝暮暮  또 어찌 아침저녁 붙어 있어야 하리.
우 기 재 조 조 모 모

흔히 인간들은 천리만리 떨어져 지내는 견우와 직녀를 불쌍히 여긴다. 그러나 견우와 직녀가 보면 실로 어처구니없는 망언에 지나지 않는다.

인간은 무수하게 만나지만 헤어지기를 여반장(如反掌)으로 하고, 날마다 붙어 있지만 마음은 천리이기 일쑤이기 때문이다. 지척천리의 행실을 일삼는 속인 주제에 천리지척의 경지를 노니는 선인(仙人)을 동정하다니 어불성설이다.

현대는 아이러니의 시대이다. 지구 반대편일지라도 하루면 날아갈 수 있거니와 또 실시간으로 마주보고 대화를 나눌 수 있는 걸 보면 가히 천리지척의 시대라 부를 만하다. 반면, 한 건물(아파트) 안에 수십, 수백 가구가 함께 살면서도 누가 누구인지 모르고 지내는 걸 보면 지척천리의 시대라 불러야 마땅하다. 역시 관건은 마음에 달려 있나 보다. 아무리 첨단문명의 이기가 천리를 지척으로 만들어주어도 마음이 없으면 그 지척도 금방 천리로 바뀌고 말 터이다. 반대로 마음에 고이 담아두면 오래전에 돌아가신 선친도, 멀리 외국으로 유학 가 있는 딸도 지척에 있게 된다. 우리 주위에는 이런저런 이유로 서로 가족들이 떨어져 지내야 하는 사람들이 적지 않다. 주말 부부와 기러기 아빠로부터 멀리 고국을 떠나온 다문화 가정에 이르기까지. 나는 이들에게 따뜻한 성원을 보내고 싶다. "여러분들은 현대판 견우와 직녀입니다. 여러분은 각재천리이나 지척인가 하노라."

## 사람의 일과 하늘의 뜻이 알고 싶을 때

북쪽 끝에 천지(天池)라는 커다란 바다가 있는데, 그곳에 곤(鯤)이라는 물고기가 살고 있다. 몸길이가 수천 리나 되는 이 거물은 바다가 움직이면 붕(鵬)이라는 새로 변신하고, 남쪽 끝 남명(南冥)이라는 커다란 바다로 날아간다. 붕새는 먼저 수천 리 물 위를 치달아 도움닫기를 한 끝에 수만 리 창공으로 솟구쳐 오른 다음, 여섯 달을 쉬지 않고 비행한다. 몸집이 너무나 크기 때문에 대형 비행기처럼 긴 활주와 높은 상승이 필요한 것이다. 아무튼 붕새는 구름 한 점 없는 푸른 하늘 길을 언제나 홀로 오랫동안 난다.

한편, 지상은 짙푸른 창공과 너무나 다른 모습이다. 아지랑이가 아른거리고 먼지 같은 기운이 뿌옇게 덮고 있는데, 온갖 생명체가 숨을 내쉬고 있기 때문이다. 여기에는 온갖 작은 새들이 쓰르라미 같은 곤충과 더불어 날아다니고 있다. 학구(學鳩)·척안(斥鷃) 등 이름도 생경한 이들 작은 새를 잠시 뱁새라고 부르기로 하자. 때로는 짝을 찾아 무리 짓고, 때로는 먹을 것을 찾으면서 뱁새들은 풀밭과 덤불을 마음껏 누빈다. 그러다가 미루나무 꼭대기까지 날아 올라갈 때면 온 세상의 주인이라도 된 듯이 의기양양해져 기분이 좋다.

근자에 어느 여자고등학교의 요청으로 인문학 특강을 하게 되었다. 나는 우선 《장자》 첫 머리에 나오는 붕새 우화를 알기 쉽도록 이처럼 조금 각색하여 학생들에게 들려주었다. 그리고 물었다.

"여러분, 붕새와 뱁새 가운데 어느 것이 되고 싶은가요?"

"붕새요."

당연히 절대 다수가 이렇게 답했다.

"그럼, 여러분 현재 학교생활은 어떤 것 같나요? 붕새인가요, 아니면 뱁새인가요?"

"뱁새요."

역시 절대 다수가 답했다. 요컨대, 현 처지는 뱁새지만 소망인즉 붕새라는 것이다. 나는 빙그레 웃으며 말했다.

"그래요? 왜 붕새가 되고 싶은가요? 그래 봤자 한갓 새 아닌가요?"

순간 학생들은 의외라는 듯 조용해지면서 옆 사람을 쳐다볼 따름이었다.

"붕새와 뱁새는 무엇을 상징할까요?"

학생들은 호기심 어린 눈길로 쳐다보았다.

"여러분, 천인합일(天人合一)이란 말 들어봤지요? 그 뜻도 잘 알고 있겠죠?"

"예!"라고 모두들 답변하였다.

천인합일은 중국, 나아가 동양 삼국의 전통사상을 관통하는 핵심인데, 다만 그것을 달성하는 데는 두 가지 방법, 즉 하늘을 중심으로 하는 것과 사람을 중심으로 하는 것이 있음을 지적한 다음 다시 물었다.

"붕새는 무엇을 상징할까요? 뱁새는?"

학생들은 답변했다.

"붕새는 하늘 중심 사고를 상징하고요, 뱁새는 인간중심 사고예요."

"그래 맞아요. 그리고 붕새가 노자와 장자로 대표되는 도가의 생각을 견주고 있다면, 뱁새는 공자와 맹자로 대표되는 유가의 생각을 견주고 있지요."

학생들이 흥미로워하자 재빨리 다음과 같은 이야기를 덧붙였다.

공맹(孔孟)이 먼저 사람의 일에 최선을 다한 다음 하늘의 뜻을 기다리자는 "진인사대천명(盡人事待天命)"이라면, 노장(老莊)은 우선 하늘의 도를 다한 다음 사람의 일을 기다리자는 "진천도대인사(盡天道待人事)"라는 차이가 있지만, '천인합일'을 궁극적으로 지향한다는 점은 마찬가지이다.

천인합일은 모두가 함께 행복하게 사는 '대동(大同)'과 통하는데, 이것이야말로 사대(四大) 고대 문명의 하나인 황하문명이 오늘날 G2까지 이어지는 원동력이다. 21세기, 우리가 다시 돌아다보아야 할 아시아적 가치와 사유 기제가 있다면 아마도 바로 이것이리라.

이야기가 어려웠는지, 아니면 장황했는지 분위기가 약간 산만해졌다. 얼른 화제를 바꾸었다.

"여러분, 뚱뚱한 게 예뻐요, 날씬한 게 예뻐요?"

물으나마나 하는 질문을 했다. 모두 당연하다는 듯이 답변했다.

"날씬해야 예뻐요."

나는 '환비연수(環肥燕瘦)'라는 고사성어를 들려주었다. 양귀비(楊貴妃)는 옥환(玉環: 옥 고리)이라는 아명이 암시하듯 뚱뚱할 '비(肥)'이고, '나는 제비'라는 의미의 조비연(趙飛燕)은 왕의 두 손바닥 위에서 춤을 출 정도로 빼빼할 '수(瘦)'이지만, 두 사람 모두 당당히 중국 최고 미인으로 꼽힌다는 내용이다. 그러므로 결론은 예쁜 게 예쁜 것이고, 그 예쁨은 자신이 자신에게서 찾아 가꾸어야 한다는 것이다. 예쁨은 결코 '사이즈'에 있는 게 아니다. 그렇다면 붕새와 뱁새에 대해서도 '스케일'로 우열을 따질 필요가 없다. 그것들의 궁극적 지향과 진정성이 문제가 될 따름이다. 특강을 마치면서 나는 다시 물었다.

"여러분, 무엇이 되고 싶어요?"

이번에는 대답이 달라지고 또 다양해졌다.

"뱁새 같은 붕새요."

"붕새 같은 뱁새요."

"그래도 난 붕새가 좋아요."

"난 뱁새가 좋아졌어요."

"붕새도 아니고 뱁새도 아닌 '나'요."

우리 아이들은 참 똑똑하다. 나는 우리 청소년들이 자신의 우주를 구축하고, 자신의 아름다움을 스스로 함양할 거라고 믿는다. 기성세대와 우리 사회가 조금만 배려하고 관심을 갖는다면 말이다.

진실로 날로 새로워져라.
나날이 새로워져라.
다시 날로 새로워져라.

冬 · · ·

겨울에 생각하다

江雪
강설

—유종원(柳宗元)

千山鳥飛絕
천산조비절

萬徑人踪滅
만경인종멸

孤舟蓑笠翁
고주사립옹

獨釣寒江雪
독조한강설

강 눈

천 산 새 날기 끊어지고,

만 길 발자국 사라지누나.

외딴 배 도롱이 삿갓 노인,

홀로 찬 강 눈발을 낚누나.

## 한 해를 보내는 시간이 아쉬울 때

또 한 해가 가고 있다. 가는 해가 아쉬운지 연말이면 이런저런 모임이 잦아진다. 이를 망년회라고 불러왔거니와, 특히 올해는 잊고 싶은 일이 많아 그렇게 부르고 싶건만, 언제부터인가 송년회라는 말을 쓰게 되었다. 망년회는 일본에서 건너온 말이니 송년회로 순화한다는 것이다. 망년회의 망은 잊을 망(忘)이니, "연말에 한 해를 보내며 그 해의 온갖 괴로움을 잊자는 뜻으로 베푸는 모임"이 바로 망년회의 뜻이다. 한편 송년회의 송은 보낼 송(送)이거니와, 그렇다면 이제 우리에게 송년회는 무슨 의미일까? 어떻게 무엇을 보내야 하는 걸까?

세밑에 특별한 의미를 부여하고 민속적으로 특별한 활동을 전개한다는 기록은, 아시아의 경우 진(晉)나라 주처(周處: 236~297)가 쓴 《풍토기風土記》에 처음 보인다. 촉(蜀: 지금의 쓰촨) 지역 민중들은 연말이 되면 일련의 성대한 행사를 치루는 풍속이 있었다. 먼저 해가 저물어 가면

서로 먹거리를 보내 안부를 묻는데, 이를 '궤세(饋歲)'라고 불렀다. '궤'는 음식 따위를 선물한다는 뜻이다. 그런 다음 집집마다 술과 음식을 준비하여 잔치를 벌이는데, 이를 '별세(別歲)'라 불렀다. 친구를 전송하듯, 해를 작별(作別)한다는 의미이다. 마지막으로 제야(除夜)에는 날이 새도록 잠을 자지 않는데, 이를 '수세(守歲)'라고 불렀다. 친구인 해가 잘 가는지 지켜본다(守)는 마음을 담은 것이리라. 요컨대 세밑은 사람들과 나누고 함께하며 해라는 친구를 전별하는 명절인 셈이다.

중국의 대문호 소식(蘇軾)이 바로 촉 지방 출신이었다. 27세의 나이, 벼슬살이로 인하여 타지에서 연말을 맞게 된 소식은 고향 생각에 젖어들었다. 이때 그의 뇌리에 떠오르는 것이 위《풍토기》에서 기록하고 있는 고향의 미풍양속이었다. 이를 〈세만歲晚〉이라는 시 3수 즉 〈궤세〉·〈별세〉·〈수세〉로 읊었는데, 그중 〈별세〉를 읽어보자.

故人適千里
고 인 적 천 리

벗님이 천리를 간다는데,

臨別尚遲遲
임 별 상 지 지

떠날 적 여전히 머뭇머뭇.

人行猶可復
인 행 유 가 복

가는 사람 그래도 되돌릴 수 있건만,

歲行那可追
세 행 나 가 추

가는 해 어찌 따라잡을 수 있으랴.

問歲安所之
문 세 안 소 지

묻자구나 해 가는 곳 어딘지,

遠在天一涯
원 재 천 일 애

멀리 하늘 한 구석에 있다오.

已逐東流水
이 축 동 류 수

이미 동쪽 흐르는 물 따르거니와,

赴海歸無時
부 해 귀 무 시

바다에 이르면 돌아올 날 없다오.

|  |  |
|---|---|
| 東隣酒初熟<br>동 린 주 초 숙 | 동편 이웃엔 술이 막 익었고, |
| 西舍豕亦肥<br>서 사 체 역 비 | 서쪽 옆집 돼지 역시 살쪘네. |
| 且爲一日歡<br>차 위 일 일 환 | 잠시 하루 종일 즐겨나 보세, |
| 慰此窮年悲<br>위 차 궁 년 비 | 해 다하는 이 슬픔 달래보게. |
| 勿嗟舊歲別<br>물 차 구 세 별 | 묵은 해와 작별 탄식하지 말지니, |
| 行與新歲辭<br>행 여 신 세 사 | 머잖아 새 해와도 하직할 터이니. |
| 去去勿回顧<br>거 거 물 회 고 | 가고 가시게 뒤돌아보지 말고서, |
| 還君老與衰<br>환 군 노 여 쇠 | 그대에게 늙음 쇠함 돌려주노니. |

일 년 내내 잠시도 떨어지지 않고 희로애락을 함께한 해님이야말로 진정한 벗이다. 그런데 사람 벗은 갔다가도 돌아오건만 해님 벗은 돌아오지 못하니, 그와의 작별이 더욱 슬플 수밖에 없다. 하지만 회자정리 (會者定離)인걸 어찌 하랴! 그래서 소식은 시원스럽게 작별을 고한다.

"어이 친구여, 자네가 내게 준 선물 있잖아, 그 늙음과 쇠함 말이야. 이제 다 돌려줄 터이니, 미련 갖지 말고 홀가분하게 떠나시게나"라고.

소식다운 낙천적이고 달관적인 태도가 부럽다. 비록 젊은 패기로 쓴 시일지라도 말이다.

일본은 지진 · 해일 · 태풍 · 화산 폭발 · 폭우 등 자연재해가 많은 나라이다. 태풍 하나만 보더라도 우리나라와는 큰 차이를 보인다. 한 해

154

평균 우리나라에 태풍 한둘 정도가 영향을 끼친다면, 일본은 보통 열을 넘을 뿐만 아니라 그것도 열도를 관통하며 엄청난 타격을 주기 일쑤라고 한다. 이처럼 여러 가지 자연재해가 빈번한 상황 속에 살다 보니 일본인은 한 해를 보내면서 암암리에 그 괴로움을 잊고 싶다는 생각이 자리 잡게 되었으리라. 그러니 잊을 망(忘)의 망년회가 그들에게는 자연스럽다. 단순히 망년회라는 용어가 일본에서 왔으니 쓰지 말아야 한다고 주장한다면 그 이유가 어쩐지 궁색하다. 최소한 일본이 왜 그런 용어를 썼는지 먼저 알아야 하고, 그리고 그 대안을 모색하는 것이 순서일 것이다.

사실 개인적으로 나는 망년회라는 말에 극단적인 반감마저 느끼고 있는 사람이다. 올 한 해도 잊고 싶지만 잊어서는 안 되는 일들이 너무나 많았기 때문이다. 비인간적인 망언과 폭행으로 우리 사회에 깊은 상처를 남긴 일이 한두 번인가? 게다가 인간의 잘못으로 다수의 생명을 한꺼번에 앗아버린 사건조차 한두 번인가. 천재라면 차라리 하늘을 원망하고 잊으련만, 우리 자신이 스스로 저지른 잘못임에랴! 우리의 잘못을 기억하고, 연말 짧은 기간이라도 이웃과 나누고 함께하려는 노력이 있어야만, 언젠가 소식의 〈별세〉처럼 친구인 해를 보낼 수 있을 터이다. 그래야만 비로소 명실상부한 송년회가 되리라.

거듭 되뇌어본다. 세월은 잊는 게 아니라 그저 보내는 것이다. 떠나는 친구처럼.

# 나눔의 사랑을 실천하는 겨울이 올 때

올해도 어김없다. 가로수가 마지막 잎마저 떨어뜨린 채 앙상하고, 구세군이 자선냄비 앞에서 종을 울려대는데, 옷깃을 세운 행인들은 무심하게 잰 걸음을 재촉한다. 자선냄비만이 아니다. 연말이 되면 불우이웃돕기를 외치는 소리가 도처에서 들려온다. 왜 하필 춥고 을씨년스런 겨울에 그러는 것일까? 예수의 사랑을 실천하는 구세군이야 성탄절을 맞아 자선냄비를 거는 것은 당연지사일 터이지만.

시인 안도현의 〈가을편지〉가 생각난다.

한 잎 두 잎 나뭇잎이
낮은 곳으로
자꾸 내려앉습니다
세상에 나누어줄 것이 많다는 듯이
나도 그대에게 무엇을 좀 나눠주고 싶습니다

내가 가진 게 너무 없다 할지라도

그대여

가을 저녁 한때

낙엽이 지거든 물어보십시오

사랑은 왜

낮은 곳에 있는지를


지난 가을, 유별나게 화려했던 단풍들은 어디로 갔을까? 낙엽이 되어 떨어지고, 가을비에 젖어 진탕이 되고, 결국 흙으로 돌아갔겠지. 그리고 내년 봄 새 잎의 자양이 되겠지. 그래서 단풍이 아름다웠던 것이리라. 나무의 세계에서 보면, 겨울은 결코 앙상하고 을씨년스런 때가 아니다. 봄부터 가을에 이르기까지 천지로부터 에너지를 받아 실컷 몸집을 불린 나무가 이제는 되돌려주고 나누어주는 계절이기 때문이다. 말하자면 겨울은 나눔의 사랑을 실천하는, 따뜻하고 포근한 계절이라 불러야 옳다.


동양적 사고에서 보면 인간도 나무처럼 자연의 일부에 지나지 않으므로, 당연히 자연의 섭리를 따라야 한다. 노자는 자연의 섭리를 도(道)라고 부른다. 도는 글자 그대로 길이다. 사람이 걷는 것도 길이고, 자연이 운행하는 것도 길이다. 문제는 예나 지금이나 사람의 길이 자연의 길과 다르다는 데 있다.


나무가 그러듯이, 자연의 섭리인 하늘의 도는 "손유여이보부족(損有餘而補不足)", 즉 늘 넘치는 것을 덜어다가 부족한 것을 채워준다. 그런데 사람의 길은 "손부족이봉유여(損不足以奉有餘)", 즉 부족한 곳에서 덜어다가 넘치는 곳을 떠받든다. 자유경쟁이라는 미명을 내서우면서 말이다. 이쯤 되면 인간은 만물의 영장이 아니라 낙엽만도 못한 존재인지도 모른다.

급격히 노령화 사회가 되어가는 현실에서 치매 환자가 늘어가고 있다고 한다. 그래서인지 '예쁜 치매'와 '미운 치매'가 요즘 뜨거운 화제로 떠오르고 있다. 며느리가 밥상을 들고 온다. "댁은 어디서 오신 천사인데 이처럼 제게 매일 맛있는 음식을 주십니까?"라고 하면 '예쁜 치매'이다. 반면, '미운 치매'는 이렇게 고함친다. "배고파 죽겠는데 왜 이제 주는 거야? 누굴 굶겨 죽일 셈이야! ××"

어떤 요인에 의해 뇌의 막이 손상되면 뇌의 뿌리에 있던 생각이 마치 마그마처럼 터져 나온다고 한다. 그 생각의 마그마는 무엇일까? 아마도 오랜 세월 보이지 않는 행동과 생각이 뇌 깊숙이 쌓이고 녹아서 된 것이리라. 평소 나누고 되돌려주는 행동과 생각을 견지하였던 사람이 '미운 치매'에 걸릴 리가 없을 것이다. 만약 내가 늙어 '미운 치매'에 걸려 사랑스런 나의 손자 손녀가 보는 앞에서 자식에게 폭언과 망동을 하게 된다면. 아, 생각만 하여도 끔찍하다.

앙상한 가로수에게도 이제는 다정한 눈길을 보내보자. 물론 낙엽도 함부로 쓸어 없앨 일이 아니다. 치매에 걸리지 말 일이로되, 부득이 어쩔 수 없다면 '예쁜 치매'에 걸리도록 평소 '예쁜 짓'을 많이 하자. 자선냄비를 잰걸음으로 지나가는 행인들에게 들려주고 싶은 말이다. 아니, 나 스스로에게 들려주고 싶은 말이다.

## 인간적 아름다움이 그리울 때

아주 멀고도 먼 옛적, 조선의 땅에 뱃사공이 배를 젓고 있었다. 이른 새벽이었다. 머리가 하얀 남자가 머리를 풀어헤치고 술병을 들고서 오더니 다짜고짜로 물을 가로질러 건넜다. 뒤따라온 아내가 붙잡고자 하였지만 끝내 빠져 죽고 말았다. 아내는 넋을 놓고 울었다.

公無渡河
공 무 도 하
임아 그 강 건너지 마오.

公竟渡河
공 경 도 하
임이 끝내 그 강 건너네.

墮河而死
타 하 이 사
그 강에 떨어져 죽고마니,

當奈公何
당 내 공 하
마땅히 임을 어이할까나.

〈공무도하가〉란 이름으로 널리 알려진 우리나라 최고(最古)의 노래이다. 흰머리의 남정네가 건넜던 그 강은 인간의 삶을 가르는 경계이다. 불가에서 말하는 차안(此岸)과 피안(彼岸)이 '이쪽 기슭'과 '저쪽 기슭'이란 의미이니, 그 사이를 흐르는 것이 강이다. 또 무속 신화에서 바리공주가 이승에서 저승을 가기 위해 건넜던 것도 강이다. 그 강이 그러하다면 누군들 건너지 않을 수 있겠는가. 어차피 건널 곳을 건너갔거늘 그 아내는 얼마나 사랑했기에 그리 슬피 울었던 것일까.

조그만 강이 흐르는 강원도 시골 마을, 76년째 연인인 89세의 강계열 할머니와 96세의 조병만 할아버지가 살고 계신다. 어디를 가든 고운 빛깔의 커플 한복을 입고 두 손을 꼭 잡고 다닌다. 심지어 겨울밤 측간마저도. 실외 화장실이 무섭다 하니 할아버지는 노래를 부르며 할머니를 지켜주신다.

"할아버지 노래도 잘하시네요. 노래도 잘 하시고 내 동무도 잘해주고. 춥지 않아요?"

"할머니 동무하는 게 뭐 추워?"

"난 추워서 할아버지 근심했잖아요."

"춥지 않아요."

"고마워요."

이렇듯 알콩달콩 잘사신다. 봄이면 머리에 꽃을 꽂아주고서 서로 곱다고 칭찬하고, 여름이면 서로 물을 뿌리며 티격태격 '싸움'도 한다. 가을이면 낙엽을 쓸다 말고 서로 뿌리며 장난을 치고, 겨울이면 눈싸움을 하고 나서 손을 호호 불어준다.

그러던 어느 날, 할아버지가 귀여워하던 강아지 '꼬마'가 죽더니 할아버지조차 급격히 쇠약해지신다. 백 살까지 사시겠다고 큰소리치시던 할아버지가 하루가 다르게 숨이 가빠지시는 것이다.

"석 달만 더 살아요. 이렇게 석 달만 더 살면 내가 얼마나 반갑겠소. 나하고 같이 갑시다. … 응 같이 가자고. 그렇게 같이 가면 얼마나 좋겠소. 할아버지와 손을 마주 잡고 다리 너머 재를 같이 넘어가면 얼마나 좋겠소. 이웃 사람들 다 손 흔들어 줄 거고. 나도 잘 있으라고 손 흔들어 주고 이렇게 갔으면 얼마나 좋겠소."

간절한 할머니의 바람에도 불구하고 할아버지는 결국 강을 건너가시고 만다. 숙명이니 어쩔 수 없는 일이지만…

한반도에서 탄생한 〈공무도하가〉는 공후라는 악기를 쓰기에 〈공후인 箜篌引〉이라고도 불렸는데, 대륙의 사람들을 퍽이나 울렸다고 한다. 요즘 식으로 말하자면, 〈공후인〉은 대륙을 달군, 최초의 한류(韓流) K-POP이었던 모양이다. 이백(李白)·온정균(溫庭筠)·이하(李賀) 등 쟁쟁한 시인들이 앞을 다투어 모방작을 썼으니 말이다.

27세에 요절한 다정다감한 천재 시인 이하는 짧은 〈공무도하가〉를 〈공후인〉이라는 제목으로 길게 풀어놓았다.

| | |
|---|---|
| 公乎公乎<br>공 호 공 호 | 임이여 임이시여, |
| 提壺將焉如<br>제 호 장 언 여 | 술병 들고 어디로 가시나요. |
| 屈平沈湘不足慕<br>굴 평 침 상 부 족 모 | 상수에 잠긴 굴원 부러워 마오, |
| 徐衍入海誠爲愚<br>서 연 입 해 성 위 우 | 바다에 빠진 서연 바보짓이라오. |
| 公乎公乎<br>공 호 공 호 | 임이여 임이시여, |

牀有菅席<br>
상 유 관 석      침상엔 화문석 있고,

盤有魚<br>
반 유 어      쟁반엔 생선 있거늘.

北里有賢兄<br>
북 리 유 현 형      북쪽 마을엔 아주버니 계시고,

東里有小姑<br>
동 리 유 소 고      동쪽 마을엔 시누이 계시거늘.

隴畝油油黍與葫<br>
농 무 유 유 서 여 호      밭에는 반질반질 기장과 마늘이요,

瓦甄濁醪蟻浮浮<br>
와 무 탁 료 의 부 부      독에는 보글보글 익은 탁주이거늘.

黍可食<br>
서 가 식      기장도 먹을 만하고,

醪可飲<br>
요 가 음      탁주도 마실 만하거늘.

公乎公乎<br>
공 호 공 호      임이여 임이시여,

其奈居<br>
기 내 거      아, 어이할꼬.

被髮奔流竟何如<br>
피 발 분 류 경 하 여      머리 풀고 강에 달려드니 끝내 어이하랴.

賢兄小姑哭嗚嗚<br>
현 형 소 고 곡 오 오      아주버니도 시누이도 오열할 따름인걸.

이제 할머니는 혼자가 되셨다. 무덤 앞에서 옷을 태우며 할머니는 여전히 할아버지를 챙기신다. 할머니식 공후인을 부르시는 것이다.

"내가 없더라도 잘해요. 깨끗이 낯도 닦고 깨끗하게 하고 다녀요. 할 아버지, 내가 없더라도, 할아버지, 보고 싶더라도 참아야 돼. 나도 할아 버지 보고 싶어도 내가 참는 거야."

당부 끝에 발길을 돌리지만 할머니는 또다시 주저앉는다.

"너무 불쌍하다. 누가 생각하나. 할아버지 생각하는 사람 나밖에 없

는데."

자그마한 할머니의 모습은 보는 이의 가슴을 한없이 먹먹하게 만든다. 영화 〈님아, 그 강을 건너지 마오〉가 역대 다큐멘터리 가운데 최다 관객을 동원함이 당연하리라. 먼 옛날 대륙을 울렸던 공후인이 다시 들려오는 듯하다.

"꽃이고 나뭇잎이고 다 사람과 똑같아요. … 처음에 어렸을 때는 꽃송이가 생겨서 핀단 말이에요. 피어서 그대로 있으면 좋은데 나이가 많으니 오그라져 떨어져요. 떨어지면 헛일이야. 떨어지면 그만이야."

할아버지는 생전에 이렇게 말씀하셨다. 정말로 이제 강을 건너가신 할아버지의 삶은 헛된 것일까? 물론 아니다. 당신들의 삶이 이토록 많은 사람들의 심금을 울려주고 있으니 말이다. 사실 보통 사람의 평범한 삶이 때로는 더 위대한 법이다. 비범한 사람들의 백 마디 말보다 훨씬 진한 감명을 주기 때문이다. 그래서 명색이 인문학자로서 '인간(人)의 무늬(文)'를 교학(敎學)하고 있는 나 자신을 돌이켜보게 된다. 그리고 보통 사람의 삶의 결이 아름다운 줄 모르고 지도자랍시고 거들먹거리는 인사들이 오늘따라 더욱더 미워진다.

# 진정한 벗이 그리울 때

고등학교를 졸업한 지 얼마 되지 않는 딸이 하루는 자못 진지하게 물어왔다.

"아빠, 원래 그런 거야? 졸업하고 진로가 달라지면 친구들이 바뀌는 거야? 동급생끼리 모두 친구로 친하게 지냈었는데 졸업한 뒤 어쩐지 낯설어지고 신뢰도 없어지는 것 같아."

너무나도 속상해 하는 딸이 안타까웠다. 더구나 딸만의 생각이 아니라 그 또래가 다들 비슷하다고 한다. 대학에 진학한 친구와 가고 싶어도 못한 친구로 나뉘고, 진학한 경우라도 명문 대학생과 비명문 대학생으로 나누어지면서 서로서로 서먹서먹한 사이가 된다는 것이다. 이기적 무한 경쟁이 당연하게 받아들여지는 우리 사회의 한 단면을 보는 것 같아 씁쓸하다.

염량세태(炎凉世態)는 요즘 우리나라만의 문제가 아니다. 근 2천 년 전 중국의 일화이다. 후한(後漢) 광무제(光武帝)의 명신 송홍(宋弘)은 자신의 봉록을 친지에게 다 나누어줄 정도로 청빈한 삶을 견지하면서 자신이 발탁한 30여 명을 모두 국가의 동량으로 키워냈던 명망가였다. 그런 송홍을 과부가 된 광무제의 누이가 마음에 두고 있었다. 어느 날 광무제가 송홍을 조용히 불러 속말을 인용하며 의중을 떠봤다.

貴易交     고관이 되면 친구를 바꾸고,
귀 역 교

富易妻     부자가 되면 아내를 바꿈이,
부 역 처

人情好     인지상정이겠지요?
인 정 호

병풍 뒤에 몸을 숨긴 누이가 숨을 죽이고 귀를 기울이고 있음을 아는지 모르는지, 송홍 역시 속담을 인용하여 차분히 답변하였다.

貧賤之知不可忘     가난하고 천할 적 친구는 잊어서는 안 되고,
빈 천 지 지 불 가 망

糟糠之妻不下堂     지게미 쌀겨 먹던 아내는 내쫓을 수가 없다.
조 강 지 처 불 가 당

광무제는 누이 쪽을 돌아다보며 포기하라고 눈짓을 할 수밖에 없었다. 이 일화는 성어 '조강지처(糟糠之妻)'의 출처로 우리에게도 익숙하지만, 교우 문제와 관련지어도 시사점이 작지 않다. 우리는 여기서 곧장 송홍의 편을 들기에 앞서 광무제의 말을 냉철하게 음미할 필요가 있다. 적극적으로 해석하자면, 자기 향상을 위해서는 친구를 바꾸어야 한다는 의미로 읽을 수 있기 때문이다. 공자도 일찍이 이렇게 말한 적이 있지 않던가.

無友不如己者     자기만 못한 자와 벗하지 마라. - 《논어》·〈학이學而〉
무 우 불 여 기 자

늘 나보다 나은 자를 사귀려면 오랜 벗보다도 새로운 친구를 적극 찾아 나서야 함은 자명하다. 송홍의 의도도 오랜 벗을 잊지 말자는 것이지 새 친구를 사귀지 말라는 것은 결코 아니었으리라.

친구의 순수한 우리말은 '벗'이다. 어원은 아직 밝혀지지 않았지만, 벗의 사전적인 의미는 '마음이 서로 통하여 친하게 사귀는 사람'이다. 친구를 나타내는 한자 '友(우)'는 원래 갑골문자에서는 'ㅆ'라고 썼다. 두 개의 오른손이 한 방향을 가리키고 있는 모습을 본뜨고 있는데, "뜻을 함께함(同志)을 우(友)라 한다"는 《설문해자》의 풀이를 구태여 보지 않더라도 그 의미를 금방 알아챌 수 있다. '뜻을 함께한다는 것'은 바로 '마음이 서로 통한다는 것'이다.

벗의 진정한 의의는 그것이 오래 되었느냐 여부에 있는 게 아니다. 마음과 뜻이 통하고 같은지 여부에 달려 있다. 아니 더더욱 중요한 것은 두 오른손이 가리키는 것이 무엇이냐에 달려 있다. 새 친구가 늘어간다고 마냥 좋아할 일은 아니지만, 오랜 벗을 잃어간다고 너무 슬퍼할 일도 아니다. 뜻이 달라지면 헤어지고, 뜻이 맞게 되면 다시 만나는 것이다. '회자정리(會者定離)'나 '거자필반(去者必返)'이라 하지 않았던가.

끝으로 딸과 그 또래에게 부귀 추구의 수단으로 친구를 바라보는 어른들을 본받지 말라고 당부하고 싶다. 그것은 스스로를 불행하게 만드는 한심한 짓이기 때문이다. 그러한 사람은 돌아갈 고향 없이 늘 새로운 곳을 찾아 나서는 나그네처럼 언제나 외롭고 슬픈 법이다. 그러니 친구는 살면서 바꾸는 것이 아니라 보태어 가는 것이다. 함께 오른손을 높이 들어 한 곳을 지향하는 벗은 많을수록 좋은 법이다. 다다익선(多多益善)!

## 너무나 편리함에 젖어들었을 때

오랜만에 느긋하다. 차량 '오부제' 덕분에 시내버스를 타기로 한 것이다. 정류장 디지털 안내판의 지시대로 버스가 정확한 시간에 도착했다. 사람들은 차근차근 차에 오른다. 교통카드를 인식기에 댄다.

"고맙습니다."

"환승입니다."

기계가 대답을 한다. 여름이면 에어컨, 겨울이면 난방, 그리고 나름대로 감미로운 음악이 흐른다. 안내 방송은 친절하게 운행 정보를 들려준다. 두리번두리번 밖을 내다보지 않아도 좋다. 목적지가 다가오면 버튼을 누르고 기다리면 된다. 버스가 문을 열고 승객이 내릴 때까지 기다려줄 것이다. 참 편하고 편리하다.

학창 시절 버스를 기다리는 것은 일종의 인내를 기르는 일이었다. 또 언제 올지 모르는 버스를 마냥 기다리지 않으려면 버스가 도착하자

마자 일제히 앞을 다투어 뛰어가야 했다. 차장 아가씨의 '배치기' 도움으로 간신히 버스에 오르고 나면 한 가지 일이 또 남아 있었다. 차장 아가씨가 아무리 외쳐도 내릴 일을 생각해서 너무 깊이 들어가지 않게 버티는 일이었다. 타는 것 못지않게 하차도 늘 전쟁이어서, 아차 하면 목적지를 지나쳐버리기 때문이었다. 추억 속에 버스는 편리와는 거리가 너무 멀었었다.

요즘 버스 안은 조용하다. 모두들 무언가에 몰두하고 있다. 핸드폰을 만지작거리거나 이어폰을 끼고 눈을 감고 있다. 눈길을 마주치는 일은 거의 없다. 이것도 편리하다면 편리하지만, 어쩐지 썰렁하다. 학창시절 버스 안은 시끌벅적했다.

자리를 양보하겠다는 사람과 사양하는 사람의 실랑이, 짐을 들어주겠다는 사람과 손사래 치는 사람의 실랑이, 차장 아가씨가 "오라이!" "안으로 들어가세요!"라고 외쳐대는 소리. 불편했지만 그때가 시나브로 그리워지는 것은 왜일까? 요즘 버스는 추억 속의 버스보다 몇 배는 편리해진 것 같다. 그렇다고 그만큼 편해진 것은 결코 아닌가 보다.

편함에는 두 가지가 있는 듯하다. 바로 편안(便安)과 편리(便利)가 그것이다. 편안이 주로 마음에 작용한다면, 편리는 몸에 기능한다. 어느 하나라도 빠지면 불편해진다. 진정한 편함은 편안과 편리를 구비해야 한다. 둘 다 없다면 그것은 불편함을 넘어 고통일 터이다.

분명 과거에 비하면 현대 사회는 한층 편리해졌다. 그런데 그만큼 편안해진 것 같지가 않다. 오히려 왕따가 늘고, 자살이 늘고, 독거노인이 늘고, 우울증 환자가 늘고 있다니 말이다.

버스 안 승객들은 대부분 스마트폰을 들여다보고 있다. 갑자기 짜증이 나더니 장자(莊子)의 우화가 생각났다.

항아리에 물을 담아 밭에 뿌리고 있는 노인에게 자공(子貢)이 방아두레박을 설치하라고 건의하였다. 하지만 노인의 대답은 뜻밖이었다. 기계(機械)가 있으면 기사(機事)가 있게 되고, 기사가 있으면 기심(機心)이 있게 되어 결국 순백(純白)을 잃게 된다는 식의 답변이다. 풀어 말하자면, 기묘한 기계장치가 있으면 약삭빠른 일을 하게 되고, 나아가 남을 속이는 마음이 들게 되니 마침내 순수한 혼백을 잃게 된다는 것이다.

누구에게도 정겨운 눈빛 한 번 주지 않는 버스 안의 이 냉랭함이 바로 저 스마트폰이라는 기계 탓이라는 생각이 들었던 것이다. 이런, 내가 너무 비약하고 있네….

그때 승객 중 누군가가 음악을 듣고 있는지 제법 큰 소리가 들려온다. 전혀 모르는 곡인데다가 신세대 노래인지라 내게는 소음에 가까웠다. 만약 내가 7080 음악을 틀어놓는다면 누군가도 싫어했을 것이다. 이번에는 공자의 한 마디가 생각났다. "기소불욕(己所不欲) 물시어인(勿施於人)" 즉 '자기가 하고 싶지 않은 것은 남에게 베풀지 말라'는 의미이다. 그래, 나라도 불편을 끼치지 말자. 따뜻한 눈길이라도 한 번쯤 건네보자고 다짐하며 버스의 흔들림에 몸을 맡겼다.

# 거대 중국의 파워가 겁이 날 때

거대 중국이 떠오르고 있다는 지적은 이제는 케케 묵은 말이다. 슈퍼 차이나가 곳곳마다 우리 앞에 버티고 서 있으니 말이다. 우리에게 중국은 또다시 선택이 아니라 피할 수 없는 최대 관문이 되어버렸다. 이런 관점에서 볼 때, 광주시가 주요 정책의 하나로 '차이나 프렌들리'를 설정함은 당연하다고 하겠다. '거대 중국과 친해지기' 위한 종합계획으로 광주시는 6대 전략과 18개 세부 사업을 추진할 계획이라고 한다. 중국학을 하는 나로서는 반가운 일이면서도, 무언가 미흡하다는 느낌이 든다. 잘 알지도 못하는 상대와 친해질 수 있을까? 하는 의구심이 들기 때문이다.

얼마 전 파리를 다녀온 아내와 나눈 대화가 떠오른다.

"중국, 무섭습니다."

"뭐가요?"

"어디를 가나 중국사람 천지입니다. 예컨대 백화점 명품 판매대에 사람이 몰렸다 하면 십중팔구 중국 사람입니다. 그런데 명품 가방을 고르고 있는 그들의 모습은 어쩐지…."

며칠 동안 머리도 감지 않은 듯한 차림새로 무슨 명품을 그리 좋아하는지 선뜻 이해가 되지 않는다는 설명이었다.

"그래요? 그것이 바로 중국과 중국인의 참모습이 아닐까…."

후줄근한 용모와 명품 가방은 중국인의 야누스적인 정체를 잘 보여주는 사례의 하나이다. 누구보다도 실속을 챙기면서도 체면을 차리는, 다시 말해 실속과 체면이라는 두 마리 토끼를 동시에 잡고자 하는 사람이 바로 중국인이고, 또 그러한 사회가 바로 시장경제와 사회주의를 병행하고 있는 현 중국이다.

중국은 체면을 중시하는 나라이다. 루쉰(魯迅)은 자신의 소설 《아큐정전(阿Q正傳)》에서 정신승리법(精神勝利法)의 달인 아큐를 통하여 중국인의 고질적 병폐로 체면을 지목한 바 있거니와, 사실 그 뿌리는 무척 깊다. 일찍이 공자는 이렇게 가르쳤다.

군자는 자신의 의관을 바르게 하고 자신의 눈초리를 도도하게 해서 점잔을 빼야 한다. 사람들이 멀리서 바라보며 두려워해야 한다(君子正其衣冠, 尊其瞻視, 儼然人望而畏之).　　　　　　　　　　　　　　　— 《논어》·〈요왈堯曰〉

말쑥한 복장에 도도한 태도를 견지함으로써 점잔을 갖추어야 한다는 것, 한마디로 체면을 차려야 군자라는 의미이다. 극자성(棘子成)이라는 사람이 이에 이의를 제기하였다.

군자는 바탕(質)이면 그뿐이지, 꾸밈(文)으로써 무엇을 합니까?

171

그러자 공자의 수제자 자공(子貢)이 나서서 재미있는 비유를 사용하여 답변했다.

문은 질과 같고, 질은 문과 같다. 호랑이와 표범일지라도 그 가죽은 개와 양의 그것과 같은 법이다(文猶質也, 質猶文也. 虎豹之鞟猶犬羊之鞟).
― 《논어》·〈안연顏淵〉

만약에 털을 밀어버린 생가죽, 즉 무두질한 가죽이라면 호랑이와 개가 다를 게 뭐가 있느냐는 의미이다. 여기서 털은 물론 문의 비유이다. 문이 없다면 질도 없게 된다는 인식이다. 때문에 공자는 결론적으로 '문질빈빈(文質彬彬)' 즉 '문과 질이 동시에 빛나야 한다'고 주장한다. 그렇지만 실제로는 공자 이래로 유가가 예(禮)를 그토록 강조한 데서 알 수 있듯이 문에 초점을 더 맞추고 있다. 공자의 후손이라면, 또 문(체면)이 그토록 중요하다면 명품 가방 하나쯤은 들어주어야 마땅할 터이다.

역설적이지만 중국은 또한 체면을 부정하는 나라이다. "가난뱅이는 비웃어도 창녀는 비웃지 않는다(笑貧不笑娼)"는 속담이 있을 정도이니 말이다. 노자는 일찍이 이렇게 가르쳤다.

다섯 가지 색은 사람들로 하여금 눈이 멀게 한다. … 그러므로 성인은 배를 위하지 눈을 위하지 않는다(五色令人目盲. … 是以聖人爲腹, 不爲目).
― 《도덕경道德經》 12장

고대 봉건사회에서 색은 신분을 입증하는 제도적 장치였다. 예를 들

172

면 노랑은 천자의 색이어서 누가 감히 그 색을 표방하면 이는 역모로 간주되었다. 색은 곧 체면인데, 노자에게 그것은 던져버려야 할 사회악에 불과하다. 남의 이목 따위는 아무래도 좋다. 배불리 먹는 실속이 중요할 뿐이다. 때문에 노자는 결론적으로 '화광동진(和光同塵)' 즉 자신의 잘난 광채를 부드럽게 하여 먼지 낀 세상과 같아져야 한다고 주장한다. 또 말을 좀 바꾸어 '피갈회옥(被褐懷玉)' 즉 누더기(褐)를 걸쳐 입고(被) 옥(玉)을 가슴에 품기(懷)를 권유한다. 다시 말해, 외모를 후줄근하게 감추고서 실속을 차리라는 의미이다. 공자가 중시하는 예(禮) 따위는 "난지수(亂之首)" 즉 "혼란의 괴수"이기 때문이다. 중국인은 이렇게 말하고 있는지도 모른다. "제 모습이 후줄근하다고요? 난 일부러 누더기를 쓰고 있는데…."

문질빈빈을 주장하는 공자가 체면파라면, 피갈회옥의 노자는 실속파이다. 일견 상호 모순으로 보이는 양자를 중국인은 자연스럽게 동시에 받아들인다. 이처럼 서로 공존하기 어려운 것마저 한꺼번에 자기 것으로 삼는 유연성이야말로 중국인 특유의 성품이자 최대의 장점이라고 나는 여기고 있다.

그런데 그러한 유연성은 어디서 오는 것일까? 역시 그 뿌리는 깊고도 깊다. 예컨대, 중국 사상의 원천 역할을 하고 있는 《주역周易》을 보면 명쾌하게 한 마디로 도를 정의한다.

일음일양지위도(一陰一陽之謂道).

한 번 음(陰)하고 한 번 양(陽)하는 것, 그것을 도(道)라고 한다는 뜻이다. 도라는 것은 유일신의 말씀처럼 따로 존재하는 절대지존의 실체가 아니라, 때로는 부드럽게 때로는 굳세게 하는 일종의 기제(機制)일뿐이다. 체면이나 실속이 도가 아니라, 체면과 실속을 아우르는 기제가 도라는 의미이다. 도는 당연히 인간을 포함한 삼라만상이 걸어야 하는 길이다.

체면을 중시하는 공자와 그 학파가 큰 목소리로 집안을 이끄는 '아버지'라 한다면, 실속을 중시하는 노자와 그 학파는 숨어 묵묵히 뒷바라지하는 '어머니'라고 할 수 있겠다. '아버지'는 '양'이고, '어머니'는 '음'이다. 집안이 온전하려면 아버지와 어머니 역할이 모두 중요하듯이 온전한 인생의 길은 음하기도 하고 양하기도 하는 법이라고 그들은 굳게 믿고 있는 것이다.

고대 인류에게 4대 문명이 있었다. 메소포타미아 문명, 이집트 문명, 인더스 문명, 그리고 황하 문명이다. 그중 현재까지 그 정체성을 지속하고 있는 것은 황하 문명뿐이고 그 중심에 중국이 있다. 절대로 중국은 어느 날 갑자기 G2로 부상한 슈퍼차이나가 아니다. 우리는 고대 4대 문명의 하나로부터 시작하여 지금 G2의 한 축으로 군림하기까지 지속하고 있는 중국과 중국인의 밑바탕이 무엇인지를 먼저 차분히 그리고 곰곰이 살펴보아야 한다. 중국을 제대로 이해하는 일이 바로 차이나 프렌들리의 첫걸음이자 우리 자신을 비춰보는 거울이기 때문이다.

## 보이지 않는 것을 보는 지혜가 필요할 때

어김없이 새해가 왔다. 그리고 어느새 일순(一旬)이 지났다. 개인적 차원에서 보면, 새해 다짐이 여전히 실행되고 있는지, 아니면 작심삼일의 공염불에 그쳐버리지 않았는지 점검해볼 시점이다. 그리고 국가적 차원에서 보자면, 차기 정권의 출범을 준비하는 대통령직 인수위의 일거수일투족이 단연 관심을 끌고 있는 시점이다. 개인이든 국가든 무언가 새로운 마음가짐이 요구되고 있는 것이다. 중차대한 이때, 이제는 보이지 않는 것을 보아야 할 때라고 말하고 싶다.

웬 뚱딴지 같은 소린가? 보이는 것도 다 못 보고 사는 세상인데, 보이지 않는 것을 보아야 할 때라니? 지난 연말, 미국으로부터 충격적인 소식이 전해왔다. 한 젊은이가 5~10세 어린이 20명과 교직원 등 26명을 무차별 살해하고 자신도 자살해버린 코네티컷 샌디 혹 초등학교 총기난사 사건이 그것이다. 더 큰 문제는 우발적 일회성 사건이 아니라는 점에 있다. 미국에서 총격으로 인한 사망자는 하루 평균 24명, 매년 8

천 명 이상에 달한다고 한다. '세계의 경찰'을 자처하는 미국으로서는 기가 막힌 일이다. 더욱 기가 막힌 것은 "총을 가진 나쁜 사람을 막을 유일한 방법은 총을 가진 좋은 사람밖에 없다"라고 말하는 미국 총기협회 부회장이란 작자의 발언이다.

이에 대해 비난 여론도 제기되었지만, 실제 이 무렵 총기 판매는 대폭 증가했다고 한다. 정말 총은 총으로 막아야 하는 것일까? 무기판매업자들이야 당연 그렇게 말하겠지만, 그들에게 꼭 하고 싶은 말이 있다. 더 늦기 전에 이제는 제발 보이지 않는 것을 보아야 한다는 말을.

우리 역시 미국의 총기난사 사건을 타산지석(他山之石)으로 삼아야 한다. 왜냐하면 '미국처럼 미쳐가는 세계(The Globalization of the American Psyche)'라는 어느 책 제목이 시사하고 있듯이, 우리도 '미쳐가는 세상'에서 그다지 자유롭지 않기 때문이다. 예를 들어, MB 정권 하면 아마도 많은 사람들이 4대강 역사(役事)를 떠올릴 것이다. 시작부터 말 많았던 어마어마한 토목공사에 대해 요즘은 보수 언론마저 그것의 실패와 부작용을 지적하고 있다. 실증적 검증은 시간과 전문가의 몫일 터이지만, 다만 여기서 짚어두고 싶은 것은 철학이 없는 정부, 혹은 진정성이 부족한 지도자일수록 거창한 볼거리를 만드는 데 몰두한다는 점이다. 보라! 역사적으로 악명 높은 폭군들이 남긴 거대한 구조물들을. 중국 진시황의 무덤과 만리장성, 이집트의 피라미드 등을. 폭군일수록 거창한 문화재를 남기는 법이다. 인류는 보이는 것 너머 보이지 않는 것을 보고자 하는 데에서 학문을 시작하였고, 그렇게 함으로써 동물의 세계에서 완전히 벗어났다고 한다.

기원전 6세기 그리스 철학자 파르메니데스(Parmenides: BC 515년? ~ BC 445년?)는 지금 현재 겉으로 드러나 있는 것과 그렇지 않은 것을 함께 볼 줄 아는 능력을 가리켜 지성(Geist)이라고 불렀다. 비슷한 시기에 동양의 노자는 "만물이 아울러 일어나되, 나는 그들이 돌아감을 보리라" 하고 말하고 있다. 여기서 '돌아감'은 도의 경지, 즉 보이지 않는 자연의 섭리를 가리킨다. 세상 사람들은 외양만을 보지만, 동서 두 철학자는 외양 너머의 무엇인가를 보고자 하였다. 이때 필요한 것은 육체의 눈이 아니고 정신의 눈임은 말할 나위 없다.

21세기를 살고 있는 우리가 보이는 것만 본다면 2500년도 넘게 역사를 퇴행(退行)하는 우를 범하는 것이다. 폭력으로 넘쳐나는 게임과 컴퓨터그래픽이 만들어내는 현란한 가상(假像) 세계는 생각하고 말 것도 없이 따라 보기도 벅차다. 너도나도 할 것 없이 볼거리를 만들어내고 보는 데 여념이 없다. 이것이 우리가 살고 있는 모습의 투영이리라.

그러나 개인이나 국가나 보이는 것에만 집착해서는 안 된다. 그리스 비극 〈오이디푸스〉를 떠올려보라. 아비를 죽이고 어미를 아내로 취한 자신을 보지 못해 자신의 눈을 찔러 멀게 했던 오이디푸스! 보이는 것만을 보다가는 우리도 언제가 오이디푸스처럼 제 눈을 찔러야 할 날이 올지 모른다.

우리는 절대로 '미국'처럼 미쳐가서는 안 된다. 더 늦기 전에 마음의 눈으로 보이지 않는 것을 찾아나서야 한다. 예컨대, 올바름 · 용기 · 절제 · 지혜 · 인의(仁義) · 무위(無爲) · 겸애(兼愛) · 자비(慈悲) 등을.

## 증오와 분열이 집단을 이끌어 갈 때

우리나라 정당과 정치인을 보고 있노라면 한때 세간을 떠들썩하게 했던 《공자가 죽어야 나라가 산다》라는 책이 떠오른다. 이처럼 도발적인 제목을 내건 저자의 의중과 그 타당성을 내가 새삼 왈가왈부하고자 함은 아니다. 다만 정치에 관한 한 요즘 우리의 정치판은 공자의 신념을 철저히 묵살(默殺)하고 있음에도 나라꼴이 좋아지기는커녕 더욱 나빠지고 있다는 생각이 드는 것이다.

공자에게는 자공(子貢)이란 제자가 있었다. 두 나라의 재상을 역임할 정도로 실무 능력이 뛰어났던 그가 정치에서 가장 중요한 항목이 무엇이냐 물었다. 공자는 지체 없이 대답하였다.

"먹을 것을 충족하게 하고(足食), 군비를 충분히 하고(足兵), 백성이 믿어야 한다(民信之)."

시쳇말로 경제와 군사와 여론이 중요하다는 의미이다. 당시 중국은 수많은 제후국이 부국강병을 외치며 각축하고 있었기에 '족식(足食)'과

178

'족병(足兵)'은 당연한 선택으로 보인다. 그런데 '민신지(民信之)'는 다소 의외였다. 그래서 자공은 다시 물었다.

"부득이 포기해야 한다면, 이 셋 중에 어느 것이 먼저입니까?"

"족병을 포기해야지!"

더욱 의외여서 재차 물었다.

"부득이 포기해야 한다면, 이 둘 중에 어느 것이 먼저입니까?"

"족식을 포기해야지!"

예상 밖의 답변에 의아해 하자 공자는 다음과 같이 덧붙였다.

"백성에게 믿음이 없으면 나라도 개인도 존립하지 못한다."

이런 공자의 생각은 원대(遠大)한 것일까, 우원(迂遠)한 것일까?

이웃나라 일본 아베 정권의 정치적 원동력은 '족병'이다. 전쟁을 수행할 군사 강국을 꿈꾸며 끊임없이 영토 분쟁을 일으키면서 외부에 적을 만들고 있다. 우리도 마찬가지다. 단 내부에 적을 설정함이 다를 뿐이다. 대선이든 총선이든 선거를 앞두면 약속이나 한 듯이 북한 관련 사건이 터지곤 하였다. 이른바 '북풍(北風) 사건'과 '총풍(銃風) 사건' 등을 둘러싸고 날선 공방이 휘몰아친다. 어디 그 뿐이랴. 대북정책을 둘러싼 논의는 친북이니 반북이니 색깔론으로 몰아가기 일쑤이다. 지금은 NLL를 둘러싸고 여당과 야당의 이전투구(泥田鬪狗)가 진행되고 있다. 국가의 안보가 어찌 중차대한 일이 아니랴! 문제는 작금 정치판이 진정 무엇을 위해 싸우고 있느냐이다. 대체로 그들의 안중에 국민은 없고, 오로지 정권 수호냐 탈환이냐 하는 자기 당의 '지고(至高)'한 목표만이 있는 듯하다.

'정치인에 대한 불신(不信)'은 만국 공통의 현상이라고 한다. 반(反)부패 민간기구인 국제투명성기구(TI)는 107개국 11만 4천 명을 대상으로 설문조사한 결과, '부패지수 2013'을 7월 9일에 발표했다. 정당이 가장 부패한 조직으로 꼽혔고, 그 뒤 2위를 경찰이 차지하고, 그 다음 공무원·의회·사법부가 3위를, 그리고 기업·의료 등이 뒤를 이었다. 한국의 경우는 정당과 의회가 가장 부패한 조직으로 지목되었을 뿐만 아니라, 그 평가치도 세계 평균보다 높았다. 이쯤 되면 우리의 정치권은 이 분야에서 세계 1위를 차지하게 된다. '민신지'는 아랑곳 않고 '족병'에 열을 올린 결과가 아니겠는가.

'족병'은 언제나 주적(主敵)을 설정함으로써 그 당위성을 확보한다. 때문에 '족병'이 사회적 이슈로 군림하는 사회에서는, "네가 죽어야 내가 산다" 또는 "너희가 죽어야 나라가 산다"는 식의 발상이 넘쳐나 결국 '민신지'가 붕괴되기 마련이다. 공자가 우려했던 것이 바로 이것!

증오·분열·대결을 동력으로 하는 집단이 정치를 이끌면 국민은 불행해질 수밖에 없다. 정치가 불임(不姙)이 되어 생산성을 잃을 뿐만 아니라, 그 폐해가 저 아래까지 미쳐 어린아이마저 편 가르기와 집단 따돌림을 주저 없이 할 터이기 때문이다.

거듭 강조하거니와 국가안보가 어찌 중차대한 일이 아니겠는가? 송두리째 국권을 박탈당한 기억이 아직도 생생하니 말이다. 그러나 중대사일수록 남용하거나 오용해서는 안 되는 법이다. '민신지'가 무너지면 그보다 더 큰 재앙이 없기 때문이다. 공자가 '족병'을 주저하지 않고 포기하라고 했던 고충이 여기에 있었으리라. '족병'을 지나치게 외치다 보면, 그 사회에는 '미움'이 넘쳐나기 마련이다. 그래서인지 사랑·화합·배려를 이야기하는 정당과 정치인이 유달리 그리워진다.

# 나다운 나다움이 아름다움으로 인정될 때

만약 통통한 사람이 예쁜지, 날씬한 사람이 예쁜지 묻는다면, 물론 대부분 날씬한 쪽이 예쁘다고 답변하겠지만, 실은 이 질문은 잘못된 것이다. 심지어 나쁘기조차 하는 우문(愚問)이다. 이런 질문에 휘둘려 섣불리 답변해서는 안 된다. 정말이지 온라인이나 오프라인 할 것 없이 살을 빼준다는 넘쳐나는 선전에 대해서 한 번쯤은 곰곰이 짚어볼 때가 된 것이다. 이 시대 우리들의 가난하고 초라한 자화상 중의 하나이기 때문이다.

환비연수(環肥燕瘦)라는 재미있는 성어가 떠오른다. 해석하자면, '환(環)'은 비만하고 '연(燕)'은 수척하다는 뜻이다. 환은 옥환(玉環)의 준말로, 우리에게도 익숙한 양귀비의 아명이다. 그녀는 당나라 현종의 부인으로, 붉은 앵두를 삼키면 그것이 목으로 넘어가는 모습이 고스란히 비칠 정도로 고운 피부를 가졌다고 한다. 시인 백거이(白居易)는 그러한 피부를 '응지(凝脂)'라고 형용하였다. 응지는 '응고된 기름'이라는 뜻이고,

아명인 '옥환'은 '옥으로 만든 고리'라는 뜻이니, 그녀는 확실히 풍만한 여인이었던 것 같다. 그렇다고 그녀가 뚱뚱해서 아름다웠던 것은 물론 아니다. 다재다능한 그녀의 최대 장점은 남의 마음과 말을 잘 이해하는 능력이었다. 때문에 당 현종은 그녀를 '말을 이해하는 꽃'이라는 의미로 '해어화(解語花)'라고 불렀다.

한편, 연(燕)은 조비연(趙飛燕)의 준말인데, 그녀는 한나라 성제(成帝)의 황후로 양귀비와는 정반대의 자태를 갖고 있었다. 비연(飛燕)은 말 그대로 '나는 제비'이다. 술잔을 잡던 임금의 손아귀에 허리가 통째로 들어갈 정도로 그녀는 날씬했다. 어느 날 춤을 추다가 바람에 날려 가는 걸 간신히 붙잡은 적도 있었다고 하니 그녀는 보통 날씬한 몸매가 아니었던 모양이다. 그렇다고 그녀 역시 야위어서 아름다웠던 것은 아니다. 그녀는 신기에 가까운 춤 솜씨를 갖고 있었다. 임금이 두 손을 벌리면 그 위에서 선녀처럼 춤을 추었기에 그녀의 춤을 '장중무(掌中舞)'나 '장중경(掌中輕)'이라 불렀다고 전한다.

이제 다시 환비연수라는 성어를 풀어보자. 표면적으로는 양귀비는 뚱뚱하고 조비연은 빼빼하다는 의미이지만, 참뜻은 양귀비는 양귀비다워서 아름답고, 조비연은 조비연다워서 아름답다는 것이다. 그녀들을 그녀답게 만드는 것은 물론 말솜씨(解語花)나 춤솜씨(掌中舞)로 대변되는 내적 아름다움이었다.

환비연수라는 성어는 소식(蘇軾)의 시구에서 유래한다. 한 친구가 정자를 짓고 제시(題詩)를 요구하자 쓴 시 〈손신로가 묵묘정 시를 요구하기에(孫莘老求墨妙亭詩)〉의 한 대목이다.

短長肥瘦各有態　길고 짧음 찌고 야윔 다 자태가 있나니,
단 장 비 수 각 유 태

玉環飛燕誰敢憎   옥환과 비연을 그 누가 감히 미워하리.
옥 환 비 연 수 감 증

세속의 피상적인 판단에 맹종하지 말고 그 본질을 보라는 의미이리라. '길고 짧음(短長)'이라는 시어의 출처는 소식이 평소 즐겨 인용하던 장자의 다음 문구이다.


鳧脛雖短   오리는 다리가 짧지만,
부 경 수 단

續之則憂   길게 이어주면 걱정이고,
속 지 즉 우

鶴脛雖長   황새는 다리가 길지만,
학 경 수 장

斷之則悲   짧게 잘라주면 슬퍼한다.
단 지 즉 비


물 위에 두둥실 떠다니는 오리야 다리가 길어서 무엇에 쓰겠는가? 저 습지를 성큼성큼 걸어 다니는 황새가 짧은 다리라면 어떻게 되겠는가? 오리의 다리는 짧아서 좋고, 황새의 다리는 길어서 좋은 법이다. 여기에서 학장부단(鶴長鳧短)이란 성어가 나왔다. 물론 그 함의하는 바는 환비연수와 같다. 너는 너니까 아름답고, 나는 나니까 아름답다는 말이다. 즉, 자신을 자신답게 만들어주는 것이 아름다운 것이다. 다시 장자의 표현을 따르자면, '자신의 형체를 부리는 것(使其形者)'인 정신이야말로 아름다움의 근원인 것이다.


'뱃살 빼기', 'S 라인 만들기', '작은 얼굴 프로젝트' 등 이런 식의 광고가 우리 주변에 즐비하다. 마치 날씬함의 정도가 미와 추를 가르는 절대 기준이라도 되는 것처럼 말이다. 이 같은 사회의 획일화와 일변도는 대량생산과 대량소비를 조장하는 자본주의 시장 논리에 그 뿌리를 두고 있을 터이지만, 어쨌든 이 시대 우리는 나는 나니까 아름답다고 하는 당당함을 잃어가고 있다. 정체성도 주체성도 없다는 말이다. 당연히 남의 당당함을 받아들일 넉넉함이 있을 리가 없다. 그저 휩쓸릴 뿐이다. 초라한 우리 시대의 모습이다.

　며칠이면 또 한 해가 가고 새해가 온다. "나는 얼마나 나답게 살았는가?"라고 한 해를 돌이켜본다. "남을 얼마나 이해했던가?"라고 스스로에게 물어본다. 그리고 환비연수와 학장부단의 의미를 되새겨본다. 나다운 나를 찾는 당당함과 너다운 너를 이해하는 넉넉함을 키워가자고 다짐하는 것이다.

# 인간의 탐욕을 경계해야 할 때

우리집 강아지는 동요에 나오는 복슬강아지가 아니다. 닥스훈트(Dachshund)라는 품종으로 토종 복슬강아지와는 판연히 다른, 한 마디로 우스꽝스런 녀석이다. 결정적으로 녀석을 우스꽝스럽게 만드는 것은 짧은 다리에 긴 몸통을 하고 있는 체형인데, 이는 굴을 파고 들어가 여우나 토끼를 사냥하는 데 적합하도록 인간이 열심히 '개량'한 결과라고 한다. 그래서인지 녀석은 땅 파기를 좋아하고, 지나가는 고양이를 보면 잡아먹을 듯이 짖어댄다. 수의사의 지적에 의하면, 녀석은 기형적으로 허리가 길어 척추 디스크가 취약하기 때문에 각별한 주의가 필요하다고 한다. 허리 때문인지 녀석은 종종 앞다리 하나를 들고 멍하니 서 있는 경우가 많다. 마치 이렇게 묻고 있는 것 같다.

"왜 나를 이 모양으로 개량하셨나요?"

인류의 오랜 벗인 개는 어느 동물보다도 품종이 많아 400종에 달하지만, 이들 대부분은 지금부터 200년 전 사이에 인간이 개량해낸 것이라고 한다. 근대 이래로 인간은 자신이 원하는 대로 개를 실컷 개량해 온 셈이다. 덩치만 보더라도, 한편으로는 더 크게 한편으로는 더 작게 만든 나머지, 마스티프(Mastif) 같은 품종은 키 68~76cm, 몸무게 68~89kg의 초대형으로 커진 반면, 치와와(Chihuahua) 품종은 키 18cm 정도, 무게 3kg 이하의 초소형으로 작아졌다. 기네스북 기록에 의하면, '조르바(Zorba)'라 불리는 마스티프 개는 94cm의 키에 몸무게 가 156kg에 달하는 거물인 반면, '부부(Boo Boo)'라는 치와와 개는 10cm의 키에 몸무게가 680g(생후 4년 뒤)에 불과한 꼬마라고 한다. '조르바'와 '부부'가 마주 서게 되면 깜짝 놀라 이렇게 말할 것 같다.

"우리, 같은 종 맞나요? 당신은 왜 그렇게 생기셨나요?"

인간은 인간 자신도 개량하고 있다. 비근한 예로 스포츠를 들어보 자. 스포츠는 건강하고 균형 잡힌 신체를 가꾸는 데서 출발하기 때문 에, 원래 종목별 신체 조건이 크게 다르지 않았다. 1920년대 포환던지 기 선수의 체격 조건은 높이뛰기 선수와 비슷하였다. 그러나 스포츠가 상업화되면서 적합한 체형의 선수를 집중 선발하고 개선한 '덕분'에 투 포환 선수가 130파운드(59kg) 더 무거워졌다. 또 NBA는 1983년 본격 적으로 상업화의 길로 접어든 뒤, 7피트(213.3cm) 이상 되는 '인간장대' 선수가 급증하여 전체 가운데 10퍼센트에 달하게 되었다. 반면 여자 체조선수 키는 최근 30년 동안에 5피트 3인치(약 160cm)에서 4피트 9 인치(약 145cm)로 줄었다. 수영 선수는 몸통이 길어지고 다리가 짧아진 반면, 육상 선수는 반대로 몸통이 짧아지고 다리가 길어졌다. 이런 식 으로 가다보면 인간도 개처럼 수많은 품종으로 나누어지는 것은 아닐 까.

2012년 하계 런던올림픽에서 가장 무거운 사람은 역도 무제한급에

출전한 남자 선수로 몸무게가 218kg인 반면, 가장 가벼운 사람은 여자 체조 선수로 30kg에 불과하였다. 218kg와 30kg의 차이를 두고 '조르바'와 '부부'를 떠올리는 것은 물론 기우이겠지만, 7배가 넘는 그 격차가 바로 메달 획득을 위해 인위적으로 '개량'한 데서 비롯되었다는 사실을 유념해야 할 것이다. 그 '개량'은 자칫 심각한 후유증을 초래하기 때문이다.

일본의 전통 스포츠인 스모에는 200kg이 넘는 거구가 수두룩하다. 몸무게를 키워야 유리한 운동이기에 열심히 체중을 늘린 결과이다. 그러나 비만에 의한 질병으로 단명하는 경우가 많거니와, 평균 수명도 일반인보다 15년이 짧다고 한다. 그런가 하면 얼마 전 우리나라에서는 체중 감량하던 여중생 유도 선수가 사망한 사건도 있었다. 이것은 모두가 다 인간의 탐욕이 빚어낸 비극이다. 이처럼 탐욕이 그치지 않는다면 언제인가는 인간도 "우리, 같은 종 맞나요?" 하는 사태가 올지 모른다.

《상서尚書》·〈여오旅獒〉 편에 나오는 '완인상덕(玩人喪德)'과 '완물상지(玩物喪志)'라는 말이 생각난다.

은(殷) 왕조를 멸하고 천하를 차지한 주(周) 무왕(武王)에게 사방에서 공물이 밀려왔다. 하루는 서역 여(旅)라는 곳에서 오(獒)라는 개를 보내왔다. 기이하게 생긴 색목인(色目人)이 4척(尺)에 달하는 괴물 같은 개를 바치니 무왕은 흐뭇하기 짝이 없었다. 그러자 소공(召公)이 "사람을 희롱하면(玩人) 덕을 잃게 되고(喪德), 사물을 희롱하면(玩物) 뜻을 잃는다(喪志)"는 내용으로 상소를 올렸다. 쉽게 말하자면, 인간을 갖고 놀거나 생명체를 갖고 노는 짓을 하지 말라는 것이다.

탐욕으로 갖고 놀다 보면 그것들의 본질과 본성을 해치게 되고, 또 그것이 부메랑이 되어 자신의 소중한 덕성과 이상을 앗아가기 때문이다.

나는 애완동물과 스포츠를 누구보다도 좋아한다. 다만, 이를 빌미로 별종(別種)을 만들어내는 인간의 탐욕이 싫을 뿐이다. 680g의 '부부'와 156kg의 '조르바'처럼 인간이 서로를 별종인 양 쳐다보는 장면을 상상하노라면, 이런저런 격차가 갈수록 커져가는 우리 인간 사회의 속살이 어른거리는 것이다.

# 영어를 배워야 하는 이유를 물을 때

"우리마저 영어 타령을 해야 하나요?"

4년 전, 우리 대학 교수역량강화사업의 일환으로 교수들을 대상으로 하는 영어회화 과정을 개설하고자 할 때 들었던 핀잔이다. 그때 나는 그냥 웃음으로 얼버무렸다.

"그 나이에 영어 공부는 무엇 하려고 하세요?"

4년이 지난 지금, 이런 질문을 여전히 종종 받는다. 답변이 궁색하기는 그때나 지금이나 마찬가지이어서, 또 웃음으로 어물쩍 넘기고 싶다. 그런데 이번에는 꼭 대답하라고 재촉한다.

이백(李白)은 왜 벽산(碧山)에 깃들어 살고 있느냐는 질문을 받자, 빙그레 웃고서 묵묵부답 여유를 피웠다고 한다. 그도 그럴 것이 복사꽃 흐르는 물 아득히 가는 곳, 그곳이 바로 '별유천지비인간(別有天地非人間)'임을 그는 확신하고 있었던 것이다.

하지만 나는 왜 영어 공부를 하느냐는 질문에 이백처럼 여유롭게 웃을 자신이 없었다. 막연하지만 나의 경우는 영어에 대해, 또 영어를 모국어로 쓰는 사람들에게 '질투' 내지는 '증오' 같은 감정을 중학생 시절부터 갖고 있었던 듯하다.

"왜 내가 '영국' 말, 아니 '미국' 말을 배워야 하지? 내가 그들의 말을 배우고 있는 이 순간, 그들은 정말 '필요'한 무언가를 배우고 있을 텐데?"

이런 식의 불만이 늘 뇌리에 도사리고 있었던 것이다. 내게 영어는 그야말로 필요에 따라 잠시 가져다 쓰는 도구에 불과했었다. 현재 나는 대학 교수 신분이다. 교수는 학문을 연구하는 학자이자 학생을 가르치는 선생을 겸한다. 학생 대부분은 졸업 후 곧장 직장을 잡고자 하는데, 이때 영어 구사 능력이 거의 절대적인 역할을 한다. 때문에 기회가 될 때마다 학생들에게 영어 공부의 중요성을 강조하여 왔다. 그러던 어느 날, 한 학생이 당혹스러운 질문을 제기하였다.

"교수님 말씀대로 글로벌 시대에 영어가 그렇게 중요하다면, 교수님은 왜 안 하세요?"

"헉! 그러게 말이다."

말문이 탁 막힐 수밖에 없었다. 4년이 지난 요즘은 나는 훨씬 자신 있게 말한다.

"내 나이에도 꾸준히 하다 보니, 꽤 알아듣고 제법 말할 수 있게 되더라. 애들아, 함께 열심히 해보자."

함께하는 것보다 더 큰 격려는 없다고 한다.

"너는 지금 이 명언을 실천하고 있는 것이야."

이렇게 감히 생각하면서 나는 영어 공부하는 나를 도닥인다. 아울러 진정한 선생은 가르치는 게 아니라 보여주는 것이라는 선인의 말씀도 떠올려본다. 그러나 고백하건대, 솔직히 학생에게 보여주기 위해 영어를 배우고 있는 것은 결코 아니다.

내게는 정말 오래된 꿈이 있다. 언젠가, 그래도 너무 늦기 전에, 뚜벅뚜벅 세계 이곳저곳을 걸어보겠다는 꿈이다. 당연히 가이드나 통역 없이 혼자서 가는 여행이어야 한다. 그러기 위해서는 현지어를 많이 알면 알수록 좋겠지만 현실적으로 당장은 언감생심(焉敢生心)이니, 세계에서 사용자가 가장 많은 중국어와 영어라도 우선 해두고 싶은 것이다.

그래서 영어 수업이 즐겁다. 석양 무렵, 어느 타국의 주막집에서 길손이든 현지인이든 누군가와 한담을 나누면서 술잔을 들고 있는 나 자신을 꿈꾸는 시간이기 때문이다. 이런 나를 두고 어느 동료가 놀려댄 적이 있다.

"그럴 필요 없어요. 돈만 있으면 다 해결돼요. 지갑만 열어 보이면 금방 통역해주는 사람이 달려오니까."

맞는 말이지만, 내겐 돈벌이보다 영어가 더 쉽고 재밌다. 한 건물에 살아도 평소 거의 왕래가 없던 동료 교수들과 함께 수다를 떨 수 있다는 점 역시 외국어 수업의 빼놓을 수 없는 매력이다. 전공이 다르고 연령차가 있어도 우리는 학우(學友)이기에, 이 시간에 우리는 학창시절로 되돌아가게 된다. 한 마디로 다시 젊어지는 것이다.

게다가 여러 나라에서 온 원어민 선생들은 제각기 가르치는 방법도 내용도 다양하다. 때로는 그들의 교수법이 나의 강의를 돌이켜보게 하고, 때로는 그들의 주요 관심사가 동양학에 매몰되어 있는 나를 일깨워준다. 하나의 언어를 아는 것은 곧 하나의 세계를 아는 것. 이 말이 틀리지 않다면, 나는 한층 '젊어진' 나의 동료와 '새로운' 세계를 즐기고 있는 셈이다. 이쯤 되면 이것이야말로 '별유천지'가 아니겠는가.

"웬 영어 공부? 그 나이에"라는 질문에 이제 나는 이백처럼 여유롭게 웃으며 묵묵부답할 수 있을 것 같다. '우리' 말을 모르는 '영국'이나 '미국' 사람이 짠할 따름이지 영어 공부하는 나는 짜증은커녕 즐겁기만 하다.

# 인문학이 시대적 요청으로 다가올 때

2012년 3월 7일은 최소한 나에게는 역사적인 날이었다. 당시 학장직을 맡고 있던 나는 우리 인문대학에 이 지역 최초로 〈최고지도자 인문학 과정〉을 개설하였다. 여러 동료 교수들이 1년에 걸쳐 꼼꼼히 준비해준 덕분이었다. 지역 사회지도층 인사들에게 인문학적 상상력과 통찰력을 기반으로 한 최고 지도자로서의 리더십을 제고시키고, 동시에 풍요로운 삶을 제공한다는 것을 목표로 삼았다. 이 과정을 'PHILLIAN'이라고 이름도 지었다. 'PHIL'은 philia(사랑)에서, 'LI'는 artesliberales(인문학)에서, 'AN'은 anthropos(인간)에서 따온 것으로, 인문학과 인간에 대한 사랑이라는 의미를 담았다. '역사'적인 날, 나는 이렇게 인사말을 했다.

최근 인문학이 전 세계 교육기관과 기업들의 화두로 부각되고 있습니다. 주요 글로벌 기업들은 인문학적 소양을 갖춘 CEO를 초빙하거나 인문학을 중심으로 하는 사내교육을 개설하고 있으며, 유수한 대학들은 앞 다투어 인문학적 교양교육을 강화하면서 인문학의 사회적 소통에 주체가 되고 있습니다. 한 마디로 인문학적 담론은 시대의 아이콘이 되고 있는 듯합니다. 인간이 소외되고 도구화되어 가는 현실을 깊이 우려하면서, 인간의 존엄성과 삶의 가치에 대한 관심이 높아지고 있다는 증거일 것입니다.

우리는 단군 이래 가장 풍족하고 편리한 삶을 누리고 있는지도 모릅니다. 돈만 있으면 무엇이든지 먹고 무엇이든지 입고 어디든지 살 수 있거니와, 컴퓨터만 두드리면 궁금한 것이 무엇이든지 보고 듣고 알 수 있습니다. 지금 우리는 그만큼 행복하다고 말할 수 있을까요? 조석으로 들려오는 소식에는 흐뭇하고 기쁜 일보다는 안타깝고 슬픈 일이 더 많습니다. 이제 우리는 미국의 젊은 지도자 로버트 케네디의 말에 귀 기울여야 합니다.

"국민총생산은 모든 요소를 측정합니다. 삶을 가치 있게 해 주는 요소는 제외하고 말이죠."

인문학은 인간의 삶을 가치 있게 해주는 것들을 탐색하고 실천하는 학문입니다. 만사를 좁게 보고 급히 서두르는 사람은 인문학이 무용(無用)하다고 생각합니다. 사물의 본질을 이해하고 인간의 우주에서의 위치를 이해하고자 하였던 철학자 장자는 흥미로운 이야기를 들려줍니다. 어느 날 그의 친구 혜자가 말합니다.

"여기에 가죽나무 한 그루가 있네. 엄청나게 크지만, 줄기는 울퉁불퉁하고, 가지는 꼬불꼬불해서 목수들이 쳐다보지 않는다네. 그대의 말처럼 크지만 쓸모가 없다네."

장자가 점잖게 대꾸합니다.

"허 이 사람아, 넓은 들판에 심어 두고 그 아래에서 유유자적 즐기면 되지 않는가?"

혜자가 보는 것은 나무의 '작은 쓰임새' 즉 소용(小用)에 지나지 않습니다. 반면, 장자는 인간의 정신적 그늘로 기능하는 나무의 '큰 쓰임새' 즉 대용(大用)을 보고 있습니다.

인문학은 대용을 보는 안목을 키워줍니다. 대용을 보는 안목은 선진적인 리더십과 창의적인 원동력을 배양합니다.

세계적인 펀드매니저인 조지 소로스, 휴렛팩커드의 여성 최고 경영인 칼리 피오리나, 얼마 전 세상을 뜬 애플사의 스티브 잡스의 공통점은 무엇일까요? 이들은 모두 대학에서 인문학을 전공했습니다. 그들은 인문학이라는 바다에서 상상력과 창의력을 길어 올렸던 것입니다. 특히 스티브 잡스는 이렇게 말했다고 합니다.

"만약 내가 반나절이라도 소크라테스와 점심 식사를 함께할 기회를 얻을 수만 있다면, 애플의 모든 기술을 그의 철학과 맞바꾸어도 좋다."

그런가 하면 스필버그 감독의 영화 〈쥬라기 공원〉 한 편이 벌어들인 수익이 현대와 기아가 한 해 자동차를 수출해서 얻은 금액과 맞먹는다고 합니다. 이제 인문학적 소양은 진정한 지도자가 갖추어야 할 불가결한 덕목이라 말할 수 있습니다.

지역 거점 대학인 우리 대학은 이러한 시대적 지역적 요구에 부응하고자 〈인문학 최고 지도자 과정〉 필리안을 개설합니다. 바야흐로 세계사적 전환의 시대를 맞는 이즈음, 우리 지역 각계의 지도자에게 요구되는 선진적인 리더십과 창의적인 원동력은 인간의 정신과 문화에 대한 온전한 이해에서 비롯된다고 믿습니다. 필리안은 국내외 최고의 석학과 명사로 구성된 명실상부한 최고 품격의 프로그램을 준비하고 있습니다. 안으로는 지도자 여러분에게 풍요로운 삶을 제공하고, 밖으로는 우리 지역 사회에 신선한 바람을 일으키고 싶습니다.

필리안 과정을 연 지 어느새 4년째가 되었다. 요즘 우리 지역 사회에는 우후죽순처럼 수많은 인문학 과정이 개설되고 있다. 특히 인구 대비 전국 최다(最多)인 지역 신문사들이 앞 다투어 유사한 과정을 열고 있다. 우선 반길 일이다. 인문학에 관한 관심이 궁극적으로는 인간에 대한 성찰을 불러일으킬 수 있기 때문이다. 다만 양적 팽창이 질적 성장으로 이어지지 못하고 실속 없는 화려한 말잔치로 끝나지 않는다면 말이다.